# ODES

## ET

# BALLADES.

## Chez le même Libraire :

CROMWELL, drame; 1 fort vol. in-8°. . . . .  8 fr.

HAN D'ISLANDE, 4 vol. in-12. . . . . . . .  10

BUG-JARGAL, 1 fort vol. in-18. . . . . . . .  6

## IMPRIMERIE DE J. TASTU,
### RUE DE VAUGIRARD, N° 36.

ODE À LA COLONNE.

Tome 1.er Page 281.

Publié par Hector Bossange.

# ODES
# ET BALLADES

## PAR VICTOR HUGO.

### QUATRIÈME ÉDITION

AUGMENTÉE DE L'ODE A LA COLONNE ET DE DIX PIÈCES NOUVELLES.

## TOME I. — ODES.

## PARIS

### HECTOR BOSSANGE,

QUAI VOLTAIRE, N° II.

1828

Ce recueil n'avait été jusqu'ici publié que sous le format in-18, en trois volumes. Pour fondre ces trois volumes en deux tomes dans la présente réimpression, divers changemens dans la disposition des matières ont été nécessaires; on a tâché que ces changemens fussent des améliorations.

Chacun des trois volumes des précédentes éditions représentait la manière de l'auteur à trois momens, et pour ainsi dire à trois âges différens; car sa méthode consistant à amender son esprit plutôt qu'à retravailler ses livres, et, comme il l'a dit ailleurs, *à corriger un ouvrage dans un autre ouvrage*, on conçoit que chacun des écrits qu'il publie peut, et c'est là sans doute leur seul mérite, offrir une physionomie particulière à ceux qui ont du goût pour certaines études de langue et de style, et qui aiment à relever, dans les œuvres d'un écrivain, les dates de sa pensée.

Il était donc peut-être nécessaire d'observer quelque ordre dans la fusion des trois volumes in-18 en deux in-8°.

Une distinction toute naturelle se présentait d'abord, celle des poëmes qui se rattachent par un côté quelconque à l'histoire de nos jours, et des poëmes qui y sont étrangers. Cette double division répond à chacun des deux volumes de la présente édition. Ainsi le premier volume contient toutes les Odes relatives à des événemens ou à des personnages contemporains; les pièces d'un sujet capricieux composent le second. Des subdivisions ont ensuite semblé utiles. Les Odes historiques, qui constituent le premier volume, et qui offrent sous un côté le développement de la pensée de l'auteur dans un espace de dix années (1818 — 1828), ont été partagées en trois livres. Chacun de ces livres répond à un des volumes des précédentes éditions, et renferme, dans leur ancien classement, les Odes politiques que ce volume contenait. Ces trois livres sont respectivement l'un à l'autre comme étaient entre eux les trois volumes. Le second corrige le premier; le troisième corrige le second. Ainsi le petit nombre de personnes que ce genre d'études intéresse pourront comparer, et pour la forme et pour le fond, les trois manières de l'auteur à trois époques différentes, rapprochées, et en quelque sorte confrontées dans le même volume. On conviendra peut-être qu'il y a quelque bonne foi, quelque désintéressement à faciliter de cette façon les dissections de la critique.

Le deuxième volume contient le quatrième et le cinquième livre des Odes, l'un consacré aux sujets de fantaisie, l'autre à des traductions d'impressions personnelles. Les Ballades complètent ce volume qui, de cette manière, est, comme l'autre, divisé en trois sections. Les poëmes sont le plus souvent rangés par ordre de dates.

Pour en finir de ces détails, peut-être inutiles et à coup sûr minutieux, nous ferons remarquer que les préfaces qui avaient accompagné les trois recueils aux époques de leur publication ont été imprimées à la suite de

celle-ci, dans le premier volume, également
par ordre de dates. On pourra remarquer,
dans les idées qui y sont avancées, une pro-
gression de liberté qui n'est ni sans signification ni sans enseignement.

Enfin dix pièces nouvelles, sans compter
l'*Ode à la Colonne de la place Vendôme*,
ont été ajoutées à la présente édition.

Il faut tout dire. Les modifications appor-
tées à ce recueil ne se bornent pas peut-être
à ces changemens matériels. Quelque puérile
que paraisse à l'auteur l'habitude *de faire des
corrections* érigée en système, il est très-loin
d'avoir fui, ce qui serait aussi un système non
moins fâcheux, les corrections qui lui ont paru
importantes; mais il a fallu pour cela qu'elles
se présentassent naturellement, invincible-
ment, comme d'elles-mêmes, et en quelque
sorte avec le caractère de l'inspiration. Ainsi

bon nombre de vers se sont trouvés refaits,
bon nombre de strophes remaniées, rempla-
cées ou ajoutées. Au reste, tout cela ne valait
peut-être pas plus la peine d'être fait que d'être
dit.

Ç'aurait sans doute été plutôt ici le lieu d'a-
giter quelques-unes des hautes questions de
langue, de style, de versification, et particuliè-
rement de rhythme, qu'un recueil de poésie lyrique française au dix-neuvième siècle peut et
doit soulever. Mais il est rare que de semblables
dissertations ne ressemblent pas plus ou moins
à des apologies. L'auteur s'en abstiendra donc
ici, en se réservant d'exposer ailleurs les idées
qu'il a pu recueillir sur ces matières, et, qu'on
lui pardonne la présomption de ces paroles,
de dire ce qu'il croit que l'art lui a appris. En
attendant, il appelle sur ces questions l'attention de tous les critiques qui comprennent

quelque chose au mouvement progressif de la pensée humaine, qui ne cloîtrent pas l'art dans les poétiques et les règles, et qui ne concentrent pas toute la poésie d'une nation dans un genre, dans une école, dans un siècle hermétiquement fermé.

Au reste, ces idées sont de jour en jour mieux comprises. Il est admirable de voir quels pas de géant l'art fait et fait faire. Une forte école s'élève, une génération forte croît dans l'ombre pour elle. Tous les principes que cette époque a posés, pour le monde des intelligences comme pour le monde des affaires, amènent déjà rapidement leurs conséquences. Espérons qu'un jour le dix-neuvième siècle, politique et littéraire, pourra être résumé d'un mot : la liberté dans l'ordre, la liberté dans l'art.

Août 1828.

# Pièces inédites ajoutées à cette Édition.

1822.

La première édition de ces Odes (juin 1822) était précédée
des réflexions qu'on va lire :

« Il y a deux intentions dans la publication de ce livre,
» l'intention littéraire et l'intention politique ; mais dans la
» pensée de l'auteur, la dernière est la conséquence de la pre-
» mière, car l'histoire des hommes ne présente de poésie que
» jugée du haut des idées monarchiques et des croyances reli-
» gieuses.

» On pourra voir dans l'arrangement de ces Odes une divi-
» sion qui, néanmoins, n'est pas méthodiquement tracée. Il a
» semblé à l'auteur que les émotions d'une ame n'étaient pas
» moins fécondes pour la poésie que les révolutions d'un
» empire.

» Au reste, le domaine de la poésie est illimité. Sous le
» monde réel, il existe un monde idéal, qui se montre res-
» plendissant à l'œil de ceux que des méditations graves ont
» accoutumés à voir dans les choses plus que les choses. Les
» beaux ouvrages de poésie en tout genre, soit en vers, soit en
» prose, qui ont honoré notre siècle, ont révélé cette vérité à
» peine soupçonnée auparavant, que la poésie n'est pas dans
» la forme des idées, mais dans les idées elles-mêmes. La
» poésie, c'est tout ce qu'il y a d'intime dans tout. »

Il est permis peut-être aujourd'hui à l'auteur d'ajouter à ce
peu de lignes quelques autres observations sur le but qu'il s'est
proposé en composant ces Odes.

Convaincu que tout écrivain, dans quelque sphère que
s'exerce son esprit, doit avoir pour objet principal d'être utile,
et espérant qu'une intention honorable lui ferait pardonner la
témérité de ses essais, il a tenté de solenniser quelques-uns de
ceux des principaux souvenirs de notre époque qui peuvent
être des leçons pour les sociétés futures. Il a adopté, pour con-

sacrer ces événemens, la forme de l'Ode, parce que c'était sous cette forme que les inspirations des premiers poëtes apparaissaient jadis aux premiers peuples.

Cependant l'Ode française, généralement accusée de froideur et de monotonie, paraissait peu propre à retracer ce que les trente dernières années de notre histoire présentent de touchant et de terrible, de sombre et d'éclatant, de monstrueux et de merveilleux. L'auteur de ce recueil, en réfléchissant sur cet obstacle, a cru découvrir que cette froideur n'était point dans l'essence de l'Ode, mais seulement dans la forme que lui ont jusqu'ici donnée les poëtes lyriques. Il lui a semblé que la cause de cette monotonie était dans l'abus des apostrophes, des exclamations, des prosopopées, et autres figures véhémentes que l'on prodiguait dans l'Ode; moyens de chaleur qui glacent lorsqu'ils sont trop multipliés et étourdissent au lieu d'émouvoir. Il a donc pensé que, si l'on plaçait le mouvement de l'Ode dans les idées plutôt que dans les mots, si de plus on en asseyait la composition sur une idée fondamentale quelconque qui fût appropriée au sujet, et dont le développement s'appuyât dans toutes ses parties sur le développement de l'événement qu'elle raconterait; en substituant aux couleurs usées et fausses de la mythologie païenne, les couleurs neuves et vraies de la théogonie chrétienne, on pourrait jeter dans l'Ode quelque chose de l'intérêt du drame, et lui faire parler en outre ce langage austère, consolant et religieux, dont a besoin une vieille société qui sort encore toute chancelante des saturnales de l'athéisme et de l'anarchie.

Voilà ce que l'auteur de ce livre a tenté, mais sans se flatter du succès; voilà ce qu'il ne pouvait dire à la première édition de son recueil, de peur que l'exposé de ses doctrines ne parût la défense de ses ouvrages. Il peut, aujourd'hui que ses Odes ont subi l'épreuve hasardeuse de la publication, livrer au lecteur la pensée qui les a inspirées, et qu'il a eu la satisfaction de voir déjà, sinon approuvée, du moins comprise en partie. Au reste, ce qu'il désire avant tout, c'est qu'on ne lui croie pas la prétention de frayer une route ou de créer un genre.

La plupart des idées qu'il vient d'énoncer s'appliquent principalement aux sujets historiques traités dans ce recueil; mais le lecteur pourra, sans qu'on s'étende davantage, remarquer dans le reste le même but littéraire et un semblable système de composition.

On arrêtera ici ces observations préliminaires qui exigeraient un volume de développement, et auxquelles on ne fera peut-être pas attention; mais il faut toujours parler comme si l'on devait être entendu, écrire comme si l'on devait être lu, et penser comme si l'on devait être médité.

Décembre 1822.

## 1824.

Voici de nouvelles preuves pour ou contre le système de composition lyrique indiqué ailleurs [1] par l'auteur de ces Odes. Ce n'est pas sans une défiance extrême qu'il les présente à l'examen des gens de goût ; car, s'il croit à des théories nées d'études consciencieuses et de méditations assidues, d'un autre côté, il croit fort peu à son talent. Il prie donc les hommes éclairés de vouloir bien

[1] *Voyez* la note précédente.

ne pas étendre jusqu'à ses doctrines littéraires l'arrêt qu'ils seront sans doute fondés à prononcer contre ses essais poétiques. Aristote n'est-il pas innocent des tragédies de l'abbé d'Aubignac?

Cependant, malgré son obscurité, il a déjà eu la douleur de voir ses principes littéraires, qu'il croyait irréprochables, calomniés ou du moins mal interprétés. C'est ce qui le détermine aujourd'hui à fortifier cette publication nouvelle d'une déclaration simple et loyale, laquelle le mette à l'abri de tout soupçon d'hérésie dans la querelle qui divise aujourd'hui le public lettré. Il y a maintenant deux partis dans la littérature comme dans l'Etat; et la guerre poétique ne paraît pas devoir être moins acharnée que la guerre sociale n'est furieuse. Les deux camps semblent plus impatiens de combattre que de traiter. Ils s'obstinent à ne vouloir point parler la même langue ; ils n'ont d'autre langage que le mot d'ordre à l'intérieur et le cri de guerre à l'extérieur. Ce n'est pas le moyen de s'entendre.

Quelques voix importantes néanmoins se sont élevées, depuis quelque temps, parmi les clameurs des deux armées. Des conciliateurs se sont présentés avec de sages paroles

entre les deux fronts d'attaque. Ils seront peut-être les premiers immolés, mais n'importe! C'est dans leurs rangs
que l'auteur de ce livre veut être placé, dût-il y être con-
fondu. Il discutera, sinon avec la même autorité, du
moins avec la même bonne foi. Ce n'est pas qu'il ne s'at-
tende aux imputations les plus étranges, aux accusations
les plus singulières. Dans le trouble où sont les esprits,
le danger de parler est plus grand encore que celui de
se taire; mais quand il s'agit d'éclairer et d'être éclairé, il
faut regarder où est le devoir, et non où est le péril; il se
résigne donc. Il agitera, sans hésitation, les questions les
plus redoutées, et, comme le petit enfant thébain, il osera
secouer la peau du lion.

Et d'abord, pour donner quelque dignité à cette discussion impartiale, dans laquelle il cherche la lumière bien
plus qu'il ne l'apporte, il répudie tous ces termes de convention que les partis se rejettent réciproquement comme
des ballons vides, signes sans signification, expressions
sans expression, mots vagues que chacun définit au besoin
de ses haines ou de ses préjugés, et qui ne servent de rai-
sons qu'à ceux qui n'en ont pas. Pour lui, il ignore profondément ce que c'est que le *genre classique* et que le

*genre romantique.* Selon une femme de génie, qui, la première, a prononcé le mot de *littérature romantique* en France, *cette division se rapporte aux deux grandes ères du monde, celle qui a précédé l'établissement du christianisme et celle qui l'a suivi* [1]. D'après le sens littéral de cette explication, il semble que le *Paradis perdu* serait un poëme *classique* et la *Henriade* une œuvre *romantique.* Il ne paraît pas démontré que les deux mots importés par madame de Staël soient aujourd'hui compris de cette façon.

En littérature, comme en toute chose, il n'y a que le bon et le mauvais, le beau et le difforme, le vrai et le faux. Or, sans établir ici de comparaisons qui exigeraient des restrictions et des développemens, le *beau* [2] dans Shakspeare est tout aussi classique (si *classique* signifie digne d'être étudié) que le *beau* dans Racine; et le *faux* dans Voltaire est tout aussi romantique ( si *romantique* veut dire mauvais) que le *faux* dans Calderon. Ce sont là de ces vérités naïves qui ressemblent plus encore à des pléo-

---

[1] *De l'Allemagne.*

[2] Il est inutile de déclarer que cette expression est employée ici dans toute son étendue.

nasmes qu'à des axiomes ; mais où n'est-on pas obligé de descendre pour convaincre l'entêtement et pour déconcerter la mauvaise foi?

On objectera peut-être ici que les deux mots de guerre ont depuis quelque temps changé encore d'acception, et que certains critiques sont convenus d'honorer désormais du nom de *classique* toute production de l'esprit antérieure à notre époque, tandis que la qualification de *romantique* serait spécialement restreinte à cette littérature qui grandit et se développe avec le dix-neuvième siècle. Avant d'examiner en quoi cette littérature est propre à notre siècle, on demande en quoi elle peut avoir mérité ou encouru une désignation exceptionnelle. Il est reconnu que chaque littérature s'empreint plus ou moins profondément du ciel, des mœurs et de l'histoire du peuple dont elle est l'expression. Il y a donc autant de littératures diverses qu'il y a de sociétés différentes. David, Homère, Virgile, le Tasse, Milton et Corneille, ces hommes, dont chacun représente une poésie et une nation, n'ont de commun entre eux que le génie. Chacun d'eux a exprimé et a fécondé la pensée publique dans son pays et dans son temps. Chacun d'eux a créé pour sa sphère sociale un monde d'idées et de sentimens, approprié au mouvement et à l'étendue de cette sphère. Pourquoi donc envelopper d'une désignation vague et collective ces créations qui, pour être toutes animées de la même ame, la vérité, n'en sont pas moins dissemblables, et souvent contraires dans leurs formes, dans leurs élémens et dans leurs natures ? Pourquoi en même temps cette contradiction bizarre de décerner à une autre littérature, expression imparfaite encore d'une époque encore incomplète, l'honneur ou l'outrage d'une qualification également vague, mais exclusive, qui la sépare des littératures qui l'ont précédée ? Comme si elle ne pouvait être pesée que dans l'autre plateau de la balance ! Comme si elle ne devait être inscrite que sur le revers du livre ! D'où lui vient ce nom de *romantique ?* Est-ce que vous lui avez découvert quelque rapport bien évident et bien intime avec la langue *romance* ou *romane ?....* Alors expliquez-vous ; examinons la valeur de cette allégation ; prouvez d'abord qu'elle est fondée ; il vous restera ensuite à démontrer qu'elle n'est pas insignifiante.

Mais on se garde fort aujourd'hui d'entamer de ce côté une discussion qui pourrait n'enfanter que le *ridiculus mus ;* on veut laisser à ce mot de *romantique* un certain vague fantastique et indéfinissable qui en redouble l'horreur. Aussi, tous les anathêmes lancés contre d'illustres écrivains et poëtes contemporains peuvent-ils se réduire à cette argumentation : — « Nous condamnons la littéra-» ture du dix-neuvième siècle, parce qu'elle est *romanti-* » *que....* — Et pourquoi est-elle romantique? — Parce » qu'elle est la littérature du dix-neuvième siècle. » — On ose affirmer ici, après un mûr examen, que l'évidence d'un tel raisonnement ne paraît pas absolument incontestable.

Abandonnons enfin cette question de mots, qui ne peut suffire qu'aux esprits superficiels dont elle est le risible labeur. Laissons en paix la procession des rhéteurs et des pédagogues apporter gravement de l'eau claire au tonneau vide. Souhaitons longue haleine à tous ces pauvres Sisyphes essoufflés, qui vont roulant et roulant sans cesse leur pierre au haut d'une butte ;

*Palus inamabilis undâ*
*Alligat, et novies Styx interfusa coercet.*

Passons, et abordons la question de choses, car la frivole

*b**

querelle des *romantiques* et des *classiques* n'est que la parodie d'une importante discussion, qui occupe aujourd'hui les esprits judicieux et les ames méditatives. Quittons donc la *Batrachomyomachie* pour l'*Iliade*. Ici du moins les adversaires peuvent espérer de s'entendre, parce qu'ils en sont dignes. Il y a une discordance absolue entre les rats et les grenouilles, tandis qu'un intime rapport de noblesse et de grandeur existe entre Achille et Hector.

Il faut en convenir, un mouvement vaste et profond travaille intérieurement la littérature de ce siècle. Quelques hommes distingués s'en étonnent, et il n'y a précisément dans tout cela d'étonnant que leur surprise. En effet, si après une révolution politique qui a frappé la société dans toutes ses sommités et dans toutes ses racines, qui a touché à toutes les gloires et à toutes les infamies, qui a tout désuni et tout mêlé, au point d'avoir dressé l'échafaud à l'abri de la tente, et mis la hache sous la garde du glaive; après une commotion effrayante qui n'a rien laissé dans le cœur des hommes qu'elle n'ait remué, rien dans l'ordre des choses qu'elle n'ait déplacé; si, disons-nous, après un si prodigieux événement, nul changement n'apparaissait dans l'esprit et dans le caractère d'un peuple, n'est-ce pas alors qu'il faudrait s'étonner, et d'un étonnement sans bornes?... — Ici se présente une objection spécieuse et déjà développée avec une conviction respectable par des hommes de talent et d'autorité. C'est précisément, disent-ils, parce que cette *révolution littéraire* est le résultat de notre *révolution politique,* que nous en déplorons le triomphe, que nous en condamnons les œuvres. — Cette conséquence ne paraît pas juste. La littérature actuelle peut être en partie le *résultat* de la révolution, sans en être *l'expression.* La société, telle que l'avait faite la révolution, a eu sa littérature, hideuse et inepte comme elle. Cette littérature et cette société sont mortes ensemble et ne revivront plus. L'ordre renaît de toutes parts dans les institutions; il renaît également dans les lettres. La religion consacre la liberté : nous avons des citoyens. La foi épure l'imagination; nous avons des poëtes. La vérité revient partout, dans les mœurs, dans les lois, dans les arts. La littérature nouvelle est vraie. Et qu'importe qu'elle soit le résultat de la révolution? La moisson est-elle moins belle, parce qu'elle a mûri sur le volcan? Quel rapport trouvez-vous entre les laves qui ont consumé votre maison et l'épi de blé qui vous nourrit?

Les plus grands poëtes du monde sont venus après de grandes calamités publiques. Sans parler des chantres sacrés, toujours inspirés par des malheurs passés ou futurs, nous voyons Homère apparaître après la chute de Troie et les catastrophes de l'Argolide ; Virgile après le triumvirat. Jeté au milieu des discordes des Guelfes et des Gibelins, Dante avait été proscrit avant d'être poëte. Milton rêvait Satan chez Cromwell. Le meurtre de Henri IV précéda Corneille. Racine, Molière, Boileau, avaient assisté aux orages de la Fronde. Après la révolution française, Châteaubriand s'élève, et la proportion est gardée.

Et ne nous étonnons point de cette liaison remarquable entre les grandes époques politiques et les belles époques littéraires. La marche sombre et imposante des événemens par lesquels le pouvoir d'en haut se manifeste aux pouvoirs d'ici-bas, l'unité éternelle de leur cause, l'accord solennel de leurs résultats, ont quelque chose qui frappe profondément la pensée. Ce qu'il y a de sublime et d'immortel dans l'homme se réveille comme en sursaut, au bruit de toutes ces voix merveilleuses qui avertissent de Dieu. L'esprit des peuples, en un religieux silence, entend

long-temps retentir de catastrophe en catastrophe la parole
mystérieuse qui témoigne dans les ténèbres :

*Admonet, et magna testatur voce per umbras.*

Quelques ames choisies recueillent cette parole et s'en for-
tifient. Quand elle a cessé de tonner dans les événemens,
elles la font éclater dans leurs inspirations, et c'est ainsi
que les enseignemens célestes se continuent par des chants.
Telle est la mission du génie ; ses élus sont *ces sentinelles
laissées par le Seigneur sur les tours de Jérusalem, et qui
ne se tairont ni jour ni nuit.*

La littérature présente, telle que l'ont créée les Châteaubriand, les Staël, les Lamennais, n'appartient donc
en rien à la révolution. De même que les écrits sophistiques et déréglés des Voltaire, des Diderot et des Helvé-
tius, ont été d'avance l'expression des innovations sociales
écloses dans la décrépitude du dernier siècle, la littérature
actuelle, que l'on attaque avec tant d'instinct d'un côté et
si peu de sagacité de l'autre, est l'expression anticipée de
la société religieuse et monarchique qui sortira sans doute
du milieu de tant d'anciens débris, de tant de ruines ré-

centes. Il faut le dire et le redire ; ce n'est pas un besoin de nouveauté qui tourmente les esprits, c'est un besoin de vérité ; et il est immense.

Ce besoin de vérité, la plupart des écrivains supérieurs de l'époque tendent à le satisfaire. Le goût, qui n'est autre chose que l'*autorité* en littérature, leur a enseigné que leurs ouvrages, vrais pour le fond, devaient être également vrais dans la forme ; sous ce rapport, ils ont fait faire un pas à la poésie. Les écrivains des autres peuples et des autres temps, même les admirables poëtes du grand siècle, ont trop souvent oublié dans l'exécution le principe de vérité dont ils vivifiaient leur composition. On rencontre fréquemment dans leurs plus beaux passages des détails empruntés à des mœurs, à des religions, ou à des époques trop étrangères au sujet. Ainsi l'*horloge* qui, au grand amusement de Voltaire, désigne au Brutus de Shakspeare l'heure où il doit frapper César, cette *horloge*, qui existait, comme on voit, bien avant qu'il y eût des horlogers, se retrouve, au milieu d'une brillante description des dieux mythologiques, placée par Boileau *à la main du Temps*. Le *canon*, dont Calderon arme les soldats d'Héraclius et Milton les archanges de ténèbres, est tiré, dans

l'*Ode sur Namur,* par *dix mille vaillans Alcides* qui en
font *pétiller les remparts.* Et certes, puisque les *Alcides*
du législateur du Parnasse tirent du canon, le *Satan* de
Milton peut à toute force considérer cet anachronisme
comme de *bonne guerre.* Si dans un siècle littéraire encore barbare, le père Lemoyne, auteur d'un poëme de
*Saint-Louis,* fait *sonner les vespres siciliennes* par *les cors
des noires Euménides,* un âge éclairé nous montre J.-B.
Rousseau envoyant ( dans son *Ode au comte de Luc,* dont
le mouvement lyrique est fort remarquable), un *prophète
fidèle jusque chez les dieux interroger le Sort;* et en trou-
vant fort ridicules les *Néréides* dont Camoëns obsède les
compagnons de Gama, on désirerait, dans le célèbre
*Passage du Rhin* de Boileau [1], voir autre chose que des

---

[1] Les personnes de bonne foi comprendront aisément pourquoi nous ci-
tons ici fréquemment le nom de Boileau. Les fautes de goût, dans un homme
d'un goût aussi pur, ont quelque chose de frappant qui les rend d'un utile
exemple. Il faut que l'absence de vérité soit bien contraire à la poésie,
puisqu'elle dépare même les vers de Boileau. Quant aux critiques malveil-
lans, qui voudraient voir dans ces citations un manque de respect à un grand
nom, ils sauront que nul ne pousse plus loin que l'auteur de ce livre l'es-
time pour cet excellent esprit. Boileau partage avec notre Racine le mérite
*unique* d'avoir fixé la langue française, ce qui suffirait pour prouver que lui
aussi avait un *génie créateur.*

*Naïades craintives* fuir devant Louis, par la grâce de Dieu, roi de France et de Navarre, accompagné de ses maré-chaux-des-camps-et-armées.

Des citations de ce genre se prolongeraient à l'infini, mais il est inutile de les multiplier. Si de pareilles fautes de vérité se présentent fréquemment dans nos meilleurs auteurs, il faut se garder de leur en faire un crime. Ils auraient pu sans doute se borner à étudier les formes pures des divinités grecques, sans leur emprunter leurs attributs païens. Lorsqu'à Rome on voulut convertir en *Saint-Pierre* un *Jupiter olympien*, on commença du moins par ôter au maître du tonnerre l'aigle qu'il foulait sous ses pieds. Mais quand on considère les immenses services rendus à la langue et aux lettres par nos premiers grands poëtes, on s'humilie devant leur génie, et on ne se sent pas la force de leur reprocher un défaut de goût. Certainement ce défaut a été bien funeste, puisqu'il a introduit en France je ne sais quel genre faux, qu'on a fort bien nommé le *genre scolastique*, genre qui est au *classique* ce que la superstition et le fanatisme sont à la religion, et qui ne contre-balance aujourd'hui le triomphe de la vraie poésie que par l'autorité respectable des illustres maîtres chez

lesquels il trouve malheureusement des modèles. On a ras-
semblé ci-dessus quelques exemples pareils entre eux de
ce faux goût, empruntés à la fois aux écrivains les plus
opposés, à ceux que les scolastiques appellent *classiques*
et à ceux qu'ils qualifient de *romantiques* ; on espère par-là
faire voir que si Calderon a pu pécher par excès d'igno-
rance, Boileau a pu faillir aussi par excès de science ;
et que si, lorsqu'on étudie les écrits de ce dernier, on
doit suivre religieusement les règles imposées au langage
par le critique [1], il faut en même temps se garder scru-

[1] Insistons sur ce point, afin d'ôter tout prétexte aux *mal-voyans*. S'il est
utile et parfois nécessaire de rajeunir quelques tournures usées, de renouve-
ler quelques vieilles expressions, et peut-être d'essayer encore d'embellir
notre versification par la plénitude du mètre et la pureté de la rime, on ne
saurait trop répéter que là doit s'arrêter l'esprit de perfectionnement. Toute
innovation contraire à la nature de notre prosodie et au génie de notre
langue doit être signalée comme un attentat aux premiers principes du
goût.

Après une si franche déclaration, il sera sans doute permis de faire observer ici aux *hyper-critiques* que le vrai talent regarde avec raison les
règles comme la limite qu'il ne faut jamais franchir, et non comme le sentier
qu'il faut toujours suivre. Elles rappellent incessamment la pensée vers un
centre unique, *le beau* ; mais elles ne la circonscrivent pas. Les règles sont en
littérature ce que sont les lois en morale : elles ne peuvent tout prévoir. Un
homme ne sera jamais réputé vertueux, parce qu'il aura borné sa conduite à

puleusement d'adopter les fausses couleurs employées quelquefois par le poëte.

Et remarquons en passant que, si la littérature du grand siècle de Louis-le-Grand eût invoqué le christianisme au lieu d'adorer les dieux païens, si ses poëtes eussent été ce qu'étaient ceux des temps primitifs, des prêtres chantant les grandes choses de leur religion et de leur patrie ; le triomphe des doctrines sophistiques du dernier siècle eût été beaucoup plus difficile, peut-être même impossible. Aux premières attaques des novateurs, la religion et la morale se fussent réfugiées dans le sanctuaire des lettres, sous la garde de tant de grands hommes. Le goût national, accoutumé à ne point séparer les idées de religion et de poésie, eût répudié tout essai de poésie irréligieuse, et flétri cette monstruosité non moins comme un sacrilége littéraire que comme un sacrilége social. Qui peut calculer ce qui fût arrivé de la *philosophie*, si la cause de Dieu, défendue en vain par la vertu, eût été aussi plaidée

---

l'observance du Code. Un poëte ne sera jamais réputé grand, parce qu'il se sera contenté d'écrire suivant les règles. La morale ne résulte pas des lois, mais de la religion et de la vertu. La littérature ne vit pas seulement par le goût ; il faut qu'elle soit vivifiée par la poésie et fécondée par le génie.

par le génie?..... Mais la France n'eut pas ce bonheur ; ses poëtes nationaux étaient presque tous des poëtes païens ; et notre littérature était plutôt l'expression d'une société idolâtre et démocratique que d'une société monarchique et chrétienne. Aussi les philosophes parvinrent-ils, en moins d'un siècle, à chasser des cœurs une religion qui n'était pas dans les esprits.

C'est surtout à réparer le mal fait par les sophistes que doit s'attacher aujourd'hui le poëte. Il doit marcher devant les peuples comme une lumière, et leur montrer le chemin. Il doit les ramener à tous les grands principes d'ordre, de morale et d'honneur ; et pour que sa puissance leur soit douce, il faut que toutes les fibres du cœur humain vibrent sous ses doigts comme les cordes d'une lyre. Il ne sera jamais l'écho d'aucune parole, si ce n'est de celle de Dieu. Il se rappellera toujours ce que ses prédécesseurs ont trop oublié, que lui aussi il a une religion et une patrie. Ses chants célébreront sans cesse les gloires et les infortunes de son pays, les austérités et les ravissemens de son culte, afin que ses aïeux et ses contemporains recueillent quelque chose de son génie et de son ame, et que, dans la postérité, les autres peuples

ne disent pas de lui : « Celui-là chantait dans une terre
» barbare. »

*In quâ scribebat, barbara terra fuit!*

\*

Février 1824.

1826.

Pour la première fois, l'auteur du Recueil de compositions lyriques, dont les *Odes* et *Ballades* forment le troisième volume, a cru devoir séparer les genres de ces compositions par une division marquée.

Il continue à comprendre sous le titre d'*Odes* toute inspiration purement religieuse, toute étude purement antique, toute traduction d'un événement contemporain ou d'une impression personnelle. Les pièces qu'il intitule *Ballades* ont un caractère différent ; ce sont des esquisses d'un genre capricieux ; tableaux, rêves, scènes, récits ; légendes superstitieuses, traditions populaires. L'auteur en les composant a essayé de donner quelque idée de ce que pouvaient être les poëmes des premiers troubadours du moyen âge, de ces rapsodes chrétiens qui n'avaient au monde que leur épée et leur guitare, et s'en allaient de château en château, payant l'hospitalité avec des chants.

S'il n'y avait beaucoup trop de pompe dans ces expressions, l'auteur dirait, pour compléter son idée, qu'il a mis plus de son ame dans les *Odes*, plus de son imagination dans les *Ballades*.

Au reste, il n'attache pas à ces classifications plus d'importance qu'elles n'en méritent. Beaucoup de personnes dont l'opinion est grave ont dit que ses *Odes* n'étaient pas des odes ; soit. Beaucoup d'autres diront sans doute, avec non moins de raison, que ses *Ballades* ne sont pas des ballades ; passe encore. Qu'on leur donne tel autre titre qu'on voudra ; l'auteur y souscrit d'avance.

A cette occasion, mais en laissant absolument de côté ses propres ouvrages, si imparfaits et si incomplets, il hasardera quelques réflexions.

On entend tous les jours, à propos de productions littéraires, parler de la *dignité* de tel genre, des *convenances* de tel autre, des *limites* de celui-ci, des *latitudes* de celui-là : la *tragédie* interdit ce que le *roman* permet ; la *chanson* tolère ce que l'*ode* défend, etc. L'auteur de ce livre a le malheur de ne rien comprendre à tout cela ; il y cherche des choses et n'y voit que des mots ; il lui semble que ce qui est réellement beau et vrai, est beau et vrai partout ; que ce qui est dramatique dans un roman sera dramatique sur la scène ; que ce qui est lyrique dans un couplet sera lyrique dans une strophe ; qu'enfin et toujours la seule distinction véritable dans les œuvres de l'esprit est celle du bon et du mauvais. La pensée est une terre vierge et féconde dont les productions veulent croître librement, et pour ainsi dire au hasard, sans se classer, sans s'aligner en plates-bandes, comme les bouquets dans un jardin classique de Le Nôtre, ou comme les fleurs du langage dans un traité de rhétorique.

Il ne faut pas croire pourtant que cette liberté doive produire le désordre; bien au contraire. Développons notre idée. Comparez un moment au jardin royal de Versailles, bien nivelé, bien taillé, bien nettoyé, bien ratissé, bien sablé; tout plein de petites cascades, de petits bassins, de petits bosquets, de tritons de bronze folâtrant en cérémonie sur des océans pompés à grands frais dans la Seine, de faunes de marbre courtisant les dryades allégoriquement renfermées dans une multitude d'ifs coniques, de lauriers cylindriques, d'orangers sphériques, de myrtes elliptiques, et d'autres arbres dont la forme naturelle, trop triviale sans doute, a été gracieusement corrigée par la serpette du jardinier; comparez ce jardin si vanté à une forêt primitive du Nouveau-Monde, avec ses arbres géans, ses hautes herbes, sa végétation profonde, ses mille oiseaux de mille couleurs, ses larges avenues où l'ombre et la lumière ne se jouent que sur de la verdure, ses sauvages harmonies, ses grands fleuves qui charient des îles de fleurs, ses immenses cataractes qui balancent des arcs-en-ciel! Nous ne dirons pas : Où est la magnificence? où est la grandeur? où est la beauté? mais simplement : Où est l'ordre? où est le désordre? Là, des eaux captives ou détournées de leur cours, ne jaillissant que pour croupir; des dieux pétrifiés; des arbres transplantés de leur sol natal, arrachés de leur climat, privés même de leur forme, de leurs fruits, et forcés de subir les grotesques caprices de la serpe et du cordeau; partout enfin l'ordre naturel contrarié, interverti, bouleversé, détruit. Ici, au contraire, tout obéit à une loi invariable; un Dieu semble vivre en tout. Les gouttes d'eau suivent leur pente et font des fleuves qui feront des mers; les semences choisissent leur terrain et produisent une forêt. Chaque plante, chaque arbuste, chaque arbre naît dans sa saison, croît en son lieu, produit son fruit, meurt à son temps. La ronce même y est belle. Nous le demandons encore : Où est l'ordre?

Choisissez donc du chef-d'œuvre du jardinage ou de l'œuvre de la nature, de ce qui est beau de convention ou de ce qui est beau sans les règles, d'une littérature artificielle ou d'une poésie originale!

On nous objectera que la forêt vierge cache dans ses magnifiques solitudes mille animaux dangereux, et que les bassins marécageux du jardin français recèlent tout au plus quelques bêtes insipides. C'est un malheur sans doute; mais à tout prendre, nous aimons mieux un crocodile qu'un crapaud; nous préférons une barbarie de Shakspeare à une ineptie de Campistron.

Ce qu'il est très-important de fixer, c'est qu'en littérature comme en politique, l'ordre se concilie merveilleusement avec la liberté; il en est même le résultat. Au reste, il faut bien se garder de confondre l'ordre avec la régularité. La régularité ne s'attache qu'à la forme extérieure; l'ordre résulte du fond même des choses, de la disposition intelligente des élémens intimes d'un sujet. La régularité est une combinaison matérielle et purement humaine; l'ordre est pour ainsi dire divin. Ces deux qualités si diverses dans leur essence marchent fréquemment l'une sans l'autre. Une cathédrale gothique présente un ordre admirable dans sa naïve irrégularité ; nos édifices français modernes, auxquels on a si gauchement appliqué l'architecture grecque ou romaine, n'offrent qu'un désordre régulier. Un homme ordinaire pourra toujours faire un ouvrage régulier ; il n'y a que les grands esprits qui sachent ordonner une composition. Le créateur qui voit de haut ordonne ; l'imitateur qui regarde de près régularise : le premier procède selon la loi de sa nature, le dernier suivant les règles de son école. L'art est une inspiration pour l'un ; il n'est qu'une science pour l'autre. En deux mots, et nous ne nous opposons pas à ce qu'on juge d'après cette observation les deux littératures dites *classique* et *romantique*, la régularité est le goût de la médiocrité, l'ordre est le goût du génie.

Il est bien entendu que la liberté ne doit jamais être l'anarchie ; que l'originalité ne peut en aucun cas servir de prétexte à l'incorrection. Dans une œuvre littéraire, l'exécution doit être d'autant plus irréprochable que la conception est plus hardie. Si vous voulez avoir raison autrement que les autres, vous

devez avoir dix fois raison. Plus on dédaigne la rhétorique, plus il sied de respecter la grammaire. On
ne doit détrôner Aristote que pour faire régner Vau-
gelas; et il faut aimer l'*Art poétique* de Boileau, sinon
pour les principes, du moins pour le style. Un écrivain qui a quelque souci de la postérité cherchera
sans cesse à purifier sa diction, sans effacer toutefois
le caractère particulier par lequel son expression
révèle l'individualité de son esprit. Le néologisme n'est
d'ailleurs qu'une triste ressource pour l'impuissance.
Des fautes de langue ne rendront jamais une pensée; et
le style est comme le cristal : sa pureté fait son éclat.

L'auteur de ce Recueil développera peut-être ailleurs tout ce qui n'est ici qu'indiqué. Qu'il lui soit
permis de déclarer avant de terminer que l'esprit
d'imitation, recommandé par d'autres comme le salut
des écoles, lui a toujours paru le fléau de l'art; et
il ne condamnerait pas moins l'imitation qui s'attache
aux écrivains dits *romantiques,* que celle dont on
poursuit les auteurs dits *classiques.* Celui qui imite
un poëte *romantique* devient nécessairement un *clas-*

*sique*, puisqu'il imite [1]. Que vous soyez l'écho de
Racine ou le reflet de Shakspeare, vous n'êtes toujours qu'un écho et qu'un reflet. Quand vous viendrez
à bout de calquer exactement un homme de génie,
il vous manquera toujours son originalité, c'est-à-
dire son génie. Admirons les grands maîtres ; ne les
imitons pas. Faisons autrement. Si nous réussissons,
tant mieux ; si nous échouons, qu'importe ?

Il existe certaines eaux qui, si vous y plongez une
fleur, un fruit, un oiseau, ne vous les rendent au
bout de quelque temps que revêtus d'une épaisse
croûte de pierre sous laquelle on devine encore, il
est vrai, leur forme primitive ; mais le parfum, la
saveur, la vie, ont disparu. Les pédantesques enseignemens, les préjugés scolastiques, la contagion de
la routine, la manie d'imitation, produisent le même
effet. Si vous y ensevelissez vos facultés natives,
votre imagination, votre pensée, elles n'en sortiront
pas. Ce que vous en retirerez conservera bien peut-

---

[1] Ces mots sont employés ici dans l'acception à demi comprise, bien que
non définie, qu'on leur donne le plus généralement.

être quelque apparence d'esprit, de talent, de génie; mais ce sera pétrifié.

A entendre des écrivains qui se proclament *classiques*, celui-là s'écarte de la route du vrai et du beau qui ne suit pas servilement les vestiges que d'autres y ont imprimés avant lui. Erreur! ces écrivains confondent la routine avec l'art; ils prennent l'ornière pour le chemin.

Le poëte ne doit avoir qu'un modèle, la nature; qu'un guide, la vérité. Il ne doit pas écrire avec ce qui a été écrit, mais avec son ame et avec son cœur. De tous les livres qui circulent entre les mains des hommes, deux seuls doivent être étudiés par lui, Homère et la Bible. C'est que ces deux livres vénérables, les premiers de tous par leur date et par leur valeur, presque aussi anciens que le monde, sont eux-mêmes deux mondes pour la pensée. On y retrouve en quelque sorte la création tout entière considérée sous son double aspect, dans Homère par le génie de l'homme, dans la Bible par l'esprit de Dieu.

Octobre 1826.

# ODES.

# LIVRE PREMIER.

# 1818 — 1822.

*Vox clamabat in deserto.*

A M. Alexandre Soumet.

# LE POÈTE

## DANS LES RÉVOLUTIONS.

Mourir sans vider mon carquois !
Sans percer, sans fouler, sans pétrir dans leur fange
Ces bourreaux barbouilleurs de lois !...

ANDRÉ CHÉNIER. *Iambe.*

I.

# Ode Première.

« Le vent chasse loin des campagnes
» Le gland tombé des rameaux verts ;
» Chêne, il le bat sur les montagnes ;
» Esquif, il le bat sur les mers.
» Jeune homme, ainsi le sort nous presse.
» Ne joins pas, dans ta folle ivresse,
» Les maux du monde à tes malheurs ;
» Gardons, coupables et victimes,
» Nos remords pour nos propres crimes,
» Nos pleurs pour nos propres douleurs ! »

Quoi ! mes chants sont-ils téméraires?
Faut-il donc, en ces jours d'effroi,
Rester sourd aux cris de ses frères?
Ne souffrir jamais que pour soi?
Non, le Poëte sur la terre
Console, exilé volontaire,
Les tristes humains dans leurs fers;
Parmi les peuples en délire,
Il s'élance, armé de sa lyre,
Comme Orphée au sein des enfers !


« Orphée, aux peines éternelles
» Vint un moment ravir les morts;
» Toi, sur les têtes criminelles,
» Tu chantes l'hymne du remords.
» Insensé! quel orgueil t'entraîne?
» De quel droit viens-tu dans l'arène
» Juger sans avoir combattu?
» Censeur échappé de l'enfance,
» Laisse vieillir ton innocence,
» Avant de croire à ta vertu! »

Quand le crime, Python livide,
Brave, impuni, le frein des lois,
La Muse devient l'Euménide :
Apollon saisit son carquois !
Je cède au Dieu qui me rassure ;
J'ignore à ma vie encor pure
Quels maux le sort veut attacher ;
Je suis sans orgueil mon étoile ;
L'orage déchire la voile :
La voile sauve le nocher.


« Les hommes vont aux précipices !
» Tes chants ne les sauveront pas.
» Avec eux, loin des cieux propices,
» Pourquoi donc égarer tes pas ?
» Peux-tu, dès tes jeunes années,
» Sans briser d'autres destinées,
» Rompre la chaîne de tes jours ?
» Épargne ta vie éphémère ;
» Jeune homme, n'as-tu pas de mère ?
» Poëte, n'as-tu pas d'amours ? »

Eh bien ! à mes terrestres flammes,
Si je meurs, les cieux vont s'ouvrir.
L'amour chaste agrandit les ames,
Et qui sait aimer sait mourir.
Le Poëte, en des temps de crime,
Fidèle aux justes qu'on opprime,
Célèbre, imite les héros ;
Il a, jaloux de leur martyre,
Pour les victimes une lyre,
Une tête pour les bourreaux !


« On dit que jadis le Poëte,
» Chantant des jours encor lointains,
» Savait à la terre inquiète
» Révéler ses futurs destins.
» Mais toi, que peux-tu pour le monde ?
» Tu partages sa nuit profonde :
» Le ciel se voile et veut punir ;
» Les lyres n'ont plus de prophète,
» Et la Muse, aveugle et muette,
» Ne sait plus rien de l'avenir ! »

Le mortel qu'un Dieu même anime
Marche à l'avenir, plein d'ardeur ;
C'est en s'élançant dans l'abîme
Qu'il en sonde la profondeur.
Il se prépare au sacrifice ;
Il sait que le bonheur du vice
Par l'innocent est expié ;
Prophète à son jour mortuaire,
La prison est son sanctuaire,
Et l'échafaud est son trépied !


« Que n'es-tu né sur les rivages
» Des Abbas et des Cosroës,
» Aux rayons d'un ciel sans nuages,
» Parmi le myrte et l'aloës !
» Là, sourd aux maux que tu déplores,
» Le Poëte voit ses aurores
» Se lever sans trouble et sans pleurs ;
» Et la colombe, chère aux sages,
» Porte aux vierges ses doux messages
» Où l'amour parle avec des fleurs ! »

Qu'un autre au céleste martyre
Préfère un repos sans honneur !
La gloire est le but où j'aspire ;
On n'y va point par le bonheur.
L'alcyon, quand l'Océan gronde,
Craint que les vents ne troublent l'onde
Où se berce son doux sommeil ;
Mais pour l'aiglon, fils des orages,
Ce n'est qu'à travers les nuages
Qu'il prend son vol vers le soleil !

*

Mars 1821.

# A M. le Vicomte de Chateaubriand.

—◦◦◦◦◦—

# LA VENDÉE.

*Ave, Cæsar, morituri te salutant.*

II.

## Ode Deuxième.

### I.

« Qui de nous, en posant une urne cinéraire,
» N'a trouvé quelque ami pleurant sur un cercueil?
» Autour du froid tombeau d'une épouse ou d'un frère,
    » Qui de nous n'a mené le deuil? »
— Ainsi, sur les malheurs de la France éplorée,
    Gémissait la Muse sacrée
    Qui nous montra le ciel ouvert,
Dans ces chants où, planant sur Rome et sur Palmyre,
Sublime, elle annonçait les douceurs du martyre
    Et l'humble bonheur du désert !

Depuis, à nos tyrans rappelant tous leurs crimes,
Et vouant aux remords ces cœurs sans repentirs,
Elle a dit : « En ces temps la France eut des victimes;
    » Mais la Vendée eut des martyrs! »
— Déplorable Vendée, a-t-on séché tes larmes?
    Marches-tu, ceinte de tes armes,
      Au premier rang de nos guerriers?
Si l'Honneur, si la Foi n'est pas un vain fantôme,
Montre-moi quels palais ont remplacé le chaume
    De tes rustiques chevaliers!


Hélas! tu te souviens des jours de ta misère!
Des flots de sang baignaient tes sillons dévastés,
Et le pied des coursiers n'y foulait de poussière
    Que la cendre de tes cités!
Ceux-là qui n'avaient pu te vaincre avec l'épée
    Semblaient, dans leur rage trompée,
    Implorer l'enfer pour appui;
Et, roulant sur la plaine en torrens de fumée,
Le vaste embrasement poursuivait ton armée,
    Qui ne fuyait que devant lui!

## II.

La Loire vit alors, sur ses plages désertes,
S'assembler les tribus des vengeurs de nos rois,
Peuple qui ne pleurait, fier de ses nobles pertes,
　　Que sur le Trône et sur la Croix.
C'étaient quelques vieillards fuyant leurs toits en flammes,
　　C'étaient des enfans et des femmes,
　　Suivis d'un reste de héros ;
Au milieu d'eux marchait leur Patrie exilée ;
Car ils ne laissaient plus qu'une terre peuplée
　　De cadavres et de bourreaux.


On dit qu'en ce moment, dans un divin délire,
Un vieux prêtre parut parmi ces fiers soldats,
Comme un saint, chargé d'ans, qui parle du martyre
　　Aux nobles anges des combats ;
Tranquille, en proclamant de sinistres présages,
　　Les souvenirs des anciens âges
　　S'éveillaient dans son cœur glacé ;

Et, racontant le sort qu'ils devaient tous attendre,
La voix de l'avenir semblait se faire entendre
    Dans ses discours pleins du passé.


### III.


« Au-delà du Jourdain, après quarante années,
» Dieu promit une terre aux enfans d'Israël ;
» Au-delà de ces flots, après quelques journées,
        » Le Seigneur vous promet le ciel.
» Ces bords ne verront plus vos phalanges errantes.
        » Dieu, sur des plaines dévorantes,
        » Vous prépare un tombeau lointain :
» Votre astre doit s'éteindre, à peine à son aurore ;
» Mais Samson expirant peut ébranler encore
        » Les colonnes du Philistin !


» Vos guerriers périront. Mais, toujours invincibles,
» S'ils ne peuvent punir, ils sauront se venger :
» Car ils verront encor fuir ces soldats terribles,

» Devant qui fuyait l'étranger !

» Vous ne mourrez pas tous sous des bras intrépides :

    » Les uns, sur des nefs homicides,

    » Seront jetés aux flots mouvans ;

» Ceux-là promèneront des os sans sépulture,

» Et cacheront leurs morts sous une terre obscure,

    » Pour les dérober aux vivans !


» Et vous, ô jeune Chef, ravi par la victoire

» Aux hasards de Mortagne, aux périls de Saumur,

» L'honneur de vous frapper dans un combat sans gloire

    » Rendra célèbre un bras obscur.

» Il ne sera donné qu'à bien peu de nos frères

    » De revoir, après tant de guerres,

    » La place où furent leurs foyers ;

» Alors, ornant son toit de ses armes oisives,

» Chacun d'eux attendra que Dieu rende à nos rives

    » Les lis, qu'il préfère aux lauriers.


» Vendée, ô noble terre ! ô ma triste patrie !

» Tu dois payer bien cher le retour de tes rois !

» Avant que sur nos bords croisse la fleur chérie,

  » Ton sang l'arrosera deux fois.

» Mais aussi lorsqu'un jour l'Europe réunie

  » De l'arbre de la tyrannie

  » Aura brisé les rejetons,

» Tous les rois vanteront leurs camps, leur flotte immense,

» Et, seul, le Roi Chrétien mettra dans la balance

  » L'humble glaive des vieux Bretons !


» Grand Dieu ! — Si toutefois, après ces jours d'ivresse,

» Blessant le cœur aigri du héros oublié,

» Une voix insultante offrait à sa détresse

  » Les dons ingrats de la pitié ;

» Si sa mère, et sa veuve, et sa fille éplorées,

  » S'arrêtaient, de faim dévorées,

  » Au seuil d'un favori puissant,

» Rappelant à celui qu'implore leur misère,

» Qu'elles n'ont plus ce fils, cet époux et ce père

  » Qui croyait leur léguer son sang ;

» Si, pauvre et délaissé, le citoyen fidèle,

» Lorsqu'un traître enrichi se rirait de sa foi,

» Entendait au sénat calomnier son zèle

  » Par celui qui jugea son Roi;

» Si, pour comble d'affronts, un magistrat injuste,

  » Déguisant sous un nom auguste

  » L'abus d'un insolent pouvoir,

» Venait, de vils soupçons chargeant sa noble tête,

» Lui demander ce fer, sa première conquête, —

  » Peut-être son dernier espoir;


» Qu'il se résigne alors! — Par ses crimes prospères,

» L'impie heureux insulte au fidèle souffrant :

» Mais que le juste pense aux forfaits de nos pères,

  » Et qu'il songe à son Dieu mourant.

» Le Seigneur veut parfois les triomphes du vice;

  » Il veut aussi, dans sa justice,

  » Que l'innocent verse des pleurs;

» Souvent, dans ses desseins, Dieu suit d'étranges voies,

» Lui qui livre Satan aux infernales joies,

  » Et Marie aux saintes douleurs! »

## IV.

Le vieillard s'arrêta. Sans croire à son langage,
Ils quittèrent ces bords pour n'y plus revenir ;
Et tous croyaient couvert des ténèbres de l'âge
    L'esprit qui voyait l'avenir ! —
Ainsi, faible en soldats, mais fort en renommée,
    Ce débris d'une illustre armée
    Suivait sa bannière en lambeaux ;
Et ces derniers Français, que rien ne put défendre,
Loin de leur temple en deuil et de leur chaume en cendre,
    Allaient conquérir des tombeaux !

\*

1819.

# LES
# VIERGES DE VERDUN.

Le prêtre portera l'étole blanche et noire
Lorsque les saints flambeaux pour vous s'allumeront ;
Et de leurs longs cheveux voilant leurs fronts d'ivoire ,
     Les jeunes. filles pleureront.

A. GUIRAUD.

## III.

## Ode Troisième.

### I.

Pourquoi m'apportez-vous ma lyre,
    Spectres légers? — que voulez-vous?
Fantastiques beautés, ce lugubre sourire
    M'annonce-t-il votre courroux?
    Sur vos écharpes éclatantes
Pourquoi flotte à longs plis ce crêpe menaçant?
Pourquoi sur des festons ces chaînes insultantes,
    Et ces roses teintes de sang?

Retirez-vous : rentrez dans les sombres abîmes....
Ah! que me montrez-vous?.. quels sont ces trois tombeaux?
Quel est ce char affreux, surchargé de victimes?
Quels sont ces meurtriers couverts d'impurs lambeaux?
J'entends des chants de mort; j'entends des cris de fête.
  Cachez-moi le char qui s'arrête!....
Un fer lentement tombe à mes regards troublés; —
J'ai vu couler du sang... Est-il bien vrai, parlez,
  Qu'il ait rejailli sur ma tête?


Venez-vous dans mon ame éveiller le remord?
  Ce sang... je n'en suis point coupable!
Fuyez, Vierges; fuyez, famille déplorable....
Lorsque vous n'étiez plus, je n'étais pas encor!
Qu'exigez-vous de moi? J'ai pleuré vos misères :
Dois-je donc expier les crimes de mes pères?
  Pourquoi troublez-vous mon repos?
Pourquoi m'apportez-vous ma lyre frémissante?
Demandez-vous des chants à ma voix innocente,
  Et des remords à vos bourreaux?

## II.

Sous des murs entourés de cohortes sanglantes,
  Siége le sombre tribunal.
L'Accusateur se lève, et ses lèvres tremblantes
  S'agitent d'un rire infernal.
C'est Tainville : on le voit, au nom de la patrie,
Convier aux forfaits cette horde flétrie
  D'assassins, juges à leur tour ;
  Le besoin du sang le tourmente ;
Et sa voix homicide à la hache fumante
  Désigne les têtes du jour.


Il parle : — ses licteurs vers l'enceinte fatale
Traînent les malheureux que sa fureur signale ;
Les portes devant eux s'ouvrent avec fracas ;
Et trois vierges, de grâce et de pudeur parées,
  De leurs compagnes entourées,
  Paraissent parmi les soldats.
Le peuple, qui se tait, frémit de son silence :

Il plaint son esclavage en plaignant leurs malheurs,
    Et repose sur l'innocence
Ses regards, las du crime et troublés par ses pleurs.


Eh quoi! quand ces beautés, lâchement accusées,
Vers ces juges de mort s'avançaient dans les fers,
Ces murs n'ont pas, croulant sous leurs voûtes brisées,
    Rendu les monstres aux enfers!
Que faisaient nos guerriers?.. Leur vaillance trompée
Prêtait au vil couteau le secours de l'épée;
Ils sauvaient ces bourreaux qui souillaient leurs combats.
Hélas! un même jour, jour d'opprobre et de gloire,
Voyait Moreau monter au char de la victoire,
    Et son père au char du trépas!


Quand nos chefs, entourés des armes étrangères,
    Couvrant nos cyprès de lauriers,
Vers Paris lentement reportaient leurs bannières,
Frédéric sur Verdun dirigeait ses guerriers.
Verdun, premier rempart de la France opprimée,

D'un roi libérateur crut saluer l'armée.

  En vain tonnaient d'horribles lois :

Verdun se revêtit de sa robe de fête,

Et, libre de ses fers, vint offrir sa conquête

  Au monarque vengeur des rois.


Alors, Vierges, vos mains (ce fut là votre crime!)

Des festons de la joie ornèrent les vainqueurs.

  Ah! pareilles à la victime,

La hache à vos regards se cachait sous des fleurs.

Ce n'est pas tout : hélas! sans chercher la vengeance,

Quand nos bannis, bravant la mort et l'indigence,

Combattaient nos tyrans encor mal affermis,

Vos nobles cœurs ont plaint de si nobles misères;

Votre or a secouru ceux qui furent nos frères,

  Et n'étaient pas nos ennemis !


Quoi! ce trait glorieux, qui trahit leur belle ame,

  Sera donc l'arrêt de leur mort!

Mais non, l'Accusateur, que leur aspect enflamme,

Tressaille d'un honteux transport.
Il veut, Vierges, au prix d'un affreux sacrifice,
En taisant vos bienfaits, vous ravir au supplice ;
Il croit vos chastes cœurs par la crainte abattus.
Du mépris qui le couvre acceptez le partage,
Souillez-vous d'un forfait, l'infâme aréopage
    Vous absoudra de vos vertus !


    Répondez-moi, Vierges timides :
Qui d'un si noble orgueil arma ces yeux si doux?
Dites, qui fit rouler dans vos regards humides
    Les pleurs généreux du courroux?
    Je le vois à votre courage :
    Quand l'oppresseur qui vous outrage
N'eût pas offert la honte en offrant son bienfait,
Coupables de pitié pour des Français fidèles,
Vous n'auriez pas voulu, devant des lois cruelles,
    Nier un si noble forfait !


C'en est donc fait : déjà sous la lugubre enceinte

A retenti l'arrêt dicté par la fureur.

Dans un muet murmure, étouffé par la crainte,

Le peuple, qui l'écoute, exhale son horreur.

Regagnez des cachots les sinistres demeures,

    O-Vierges! encor quelques heures....

Ah! priez sans effroi, votre ame est sans remord.

    Coupez ces longues chevelures,

Où la main d'une mère enlaçait des fleurs pures,

Sans voir qu'elle y mêlait les pavots de la mort!


Bientôt ces fleurs encor pareront votre tête;

Les anges vous rendront ces symboles touchans;

Votre hymne de trépas sera l'hymne de fête

Que les Vierges du ciel rediront dans leurs chants.

Vous verrez près de vous, dans ces chœurs d'innocence,

Charlotte, autre Judith, qui vous vengea d'avance;

Cazotte, Élisabeth, si malheureuse en vain;

Et Sombreuil, qui trahit par ses pâleurs soudaines

Le sang glacé des morts circulant dans ses veines;

Martyres, dont l'encens plaît au Martyr divin!

### III.

Ici, devant mes yeux erraient des lueurs sombres ;
Des visions troublaient mes sens épouvantés ;
Les Spectres sur mon front balançaient dans les ombres
  De longs linceuls ensanglantés.
Les trois tombeaux, le char, les échafauds funèbres,
  M'apparurent dans les ténèbres ;
Tout rentra dans la nuit des siècles révolus ;
Les Vierges avaient fui vers la naissante aurore ;
Je me retrouvai seul, et je pleurais encore
  Quand ma lyre ne chantait plus !

❋

Octobre 1818.

# QUIBERON.

*Pudor inde et miseratio.*
**TACIT.**

IV.

# Ode Quatrième.

## I.

Par ses propres fureurs le Maudit se dévoile,
Dans le Démon vainqueur on voit l'Ange proscrit;
L'anathême éternel, qui poursuit son étoile,
  Dans ses succès même est écrit.
Il est, lorsque des cieux nous oublions la voie,
  Des jours que Dieu sans doute envoie
  Pour nous rappeler les enfers;
Jours sanglans qui, voués au triomphe du crime,
Comme d'affreux rayons échappés de l'abîme,
  Apparaissent sur l'univers.

Poëtes qui toujours, loin du siècle où nous sommes,

Chantres des pleurs sans fin et des maux mérités,

Cherchez des attentats tels que la voix des hommes

      N'en ait point encor racontés ;

Si quelqu'un vient à vous, vantant la jeune France,

      Nos exploits, notre tolérance,

      Et nos temps féconds en bienfaits,

Soyez contens ; lisez nos récentes histoires,

Évoquez nos vertus, interrogez nos gloires : —

      Vous pourrez choisir des forfaits !


Moi, je n'ai point reçu de la Muse funèbre

Votre lyre de bronze, ô chantres des remords !

Mais je voudrais flétrir les bourreaux qu'on célèbre,

      Et venger la cause des morts.

Je voudrais, un moment, troublant l'impur Génie,

      Arrêter sa gloire impunie

      Qu'on pousse à l'immortalité ;

Comme autrefois un Grec, malgré les vents rapides,

Seul, retint de ses bras, de ses dents intrépides,

      L'esquif sur les mers emporté !

## II.

Quiberon vit jadis, sur son bord solitaire,
Des Français assaillis s'apprêter à mourir,
Puis, devant les deux chefs, l'airain fumant se taire,
     Et les rangs désarmés s'ouvrir.
Pour sauver ses soldats l'un d'eux offrit sa tête ;
     L'autre accepta cette conquête,
     De leur traité gage inhumain ;
Et nul guerrier ne crut sa promesse frivole,
Car devant les drapeaux, témoins de leur parole,
     Tous deux s'étaient donné la main !


La phalange fidèle alors livra ses armes.
Ils marchaient : une armée environnait leurs pas,
Et le peuple accourait, en répandant des larmes,
     Voir ces preux, sauvés du trépas.
Ils foulaient en vaincus les champs de leurs ancêtres ;
     Ce fut un vieux temple, sans prêtres,
     Qui reçut ces vengeurs des rois ;

Mais l'humble autel manquait à la pieuse enceinte,
Et pour se consoler, dans cette prison sainte
  Leurs yeux en vain cherchaient la croix !


Tous prièrent ensemble, et d'une voix plaintive,
Tous, se frappant le sein, gémirent à genoux ;
Un seul ne pleurait pas dans la tribu captive :
  C'était lui qui mourait pour tous ;
C'était Sombreuil, leur chef : jeune et plein d'espérance,
  L'heure de son trépas s'avance ;
  Il la salue avec ferveur.
Le supplice, entouré des apprêts funéraires,
Est beau pour un chrétien qui, seul, va pour ses frères
  Expirer, semblable au Sauveur.


« Oh ! cessez, disait-il, ces larmes, ces reproches,
» Guerriers ; votre salut prévient tant de douleurs !
» Combien à votre mort vos amis et vos proches,
  » Hélas ! auraient versé de pleurs !
» Je romps avec vos fers mes chaînes éphémères ;

» A vos épouses, à vos mères,

 » Conservez vos jours précieux.

» On vous rendra la paix, la liberté, la vie ;

» Tout ce bonheur n'a rien que mon cœur vous envie :

 » Vous, ne m'enviez pas les cieux ! »


Le sinistre tambour sonna l'heure dernière ;

Les bourreaux étaient prêts : on vit Sombreuil partir.

La sœur ne fut point là pour leur ravir le frère, —

 Et le héros devint martyr.

L'exhortant de la voix et de son saint exemple,

 Un évêque, exilé du temple,

 Le suivit au funeste lieu ;

Afin que le vainqueur vît, dans son camp rebelle,

Mourir, près d'un soldat à son prince fidèle,

 Un prêtre fidèle à son Dieu !


### III.


Vous pour qui s'est versé le sang expiatoire

Bénissez le Seigneur, louez l'heureux Sombreuil ;
Celui qui monte au ciel, brillant de tant de gloire,
   N'a pas besoin de chants de deuil !
Bannis, on va vous rendre enfin une patrie ;
   Captifs, la liberté chérie
   Se montre à vous dans l'avenir.
Oui, de vos longs malheurs chantez la fin prochaine ;
Vos prisons vont s'ouvrir, on brise votre chaîne ;
   Chantez ! votre exil va finir.


En effet, — des cachots la porte à grand bruit roule.
Un étendard paraît, qui flotte ensanglanté ;
Des chefs et des soldats l'environnent en foule,
   En invoquant la Liberté !
« Quoi ! disaient les captifs, déjà l'on nous délivre !.. »
   Quelques-uns s'empressent de suivre
   Les bourreaux devenus meilleurs ;
« Adieu, leur criait-on, adieu, plus de souffrance ;
» Nous nous reverrons tous, libres, dans notre France ! »
   Ils devaient se revoir ailleurs.

Bientôt, jusqu'aux prisons des captifs en prières,
Arrive un sourd fracas, par l'écho répété :
C'étaient leurs fiers vainqueurs qui délivraient leurs frères,
    Et qui remplissaient leur traité !
Sans troubler les proscrits, ce bruit vint les surprendre;
    Aucun d'eux ne savait comprendre
    Qu'on pût se jouer des sermens ;
Ils disaient aux soldats : « Votre foi nous protége ; »
Et pour toute réponse, un lugubre cortége
    Les traîna sur des corps fumans !


Le jour fit place à l'ombre et la nuit à l'aurore,
Hélas ! et pour mourir traversant la cité,
Les crédules proscrits passaient, passaient encore,
    Aux yeux du peuple épouvanté !
Chacun d'eux racontait, brûlant d'un saint délire,
    A ses compagnons de martyre
    Les malheurs qu'il avait soufferts ;
Tous succombaient sans peur, sans faste, sans murmure,
Regrettant seulement qu'il fallût un parjure
    Pour les immoler dans les fers !

A coups multipliés la hache abat les chênes.
Le vil chasseur, dans l'antre ignoré du soleil,
Égorge lentement le lion dont ses chaînes
  Ont surpris le noble sommeil.
On massacra long-temps la tribu sans défense.
  A leur mort assistait la France,
  Jouet des bourreaux triomphans;
Comme jadis, aux pieds des idoles impures,
Tour à tour, une veuve, en de longues tortures
  Vit expirer ses sept enfans.


C'étaient là les vertus d'un Sénat qu'on nous vante!
Le sombre Esprit du mal sourit en le créant;
Mais ce corps aux cent bras, fort de notre épouvante,
  En son sein portait son néant.
Le colosse de fer s'est dissous dans la fange.
  L'Anarchie, alors que tout change,
  Pense voir ses œuvres durer;
Mais ce Pygmalion, dans ses travaux frivoles,
Ne peut donner la vie aux horribles idoles
  Qu'il se fait pour les adorer.

## IV.

On dit que de nos jours, viennent, versant des larmes,
Prier au champ fatal où ces preux sont tombés,
Les vierges, les soldats fiers de leurs jeunes armes,
    Et les vieillards lents et courbés.
Du ciel sur les bourreaux appelant l'indulgence,
    Là, nul n'implore la vengeance,
    Tous demandent le repentir;
Et chez ces vieux Bretons, témoins de tant de crimes,
Le pélerin, qui vient invoquer les victimes,
    Souvent lui-même est un martyr!

\*

Février 1821.

# LOUIS XVII.

Capet! éveille-toi.

V.

## Ode Cinquième.

### I.

En ces temps-là, du ciel les portes d'or s'ouvrirent;
Du Saint des Saints ému les feux se découvrirent :
Tous les cieux un moment brillèrent dévoilés;
Et les élus voyaient, lumineuses phalanges,
Venir une jeune ame entre de jeunes anges
  Sous les portiques étoilés.

C'était un bel enfant qui fuyait de la terre ; —
Son œil bleu du malheur portait le signe austère ;
Ses blonds cheveux flottaient sur ses traits pâlissans ;
Et les vierges du ciel, avec des chants de fête,
Aux palmes du Martyre unissaient sur sa tête
     La couronne des Innocens.


II.


On entendit des voix qui disaient dans la nue :
— « Jeune ange, Dieu sourit à ta gloire ingénue ;
» Viens, rentre dans ses bras pour ne plus en sortir ;
» Et vous, qui du Très-Haut racontez les louanges,
     » Séraphins, prophètes, archanges,
» Courbez-vous, c'est un Roi ; chantez, c'est un Martyr ! »


— « Où donc ai-je régné, demandait la jeune ombre?
» Je suis un prisonnier, je ne suis point un roi.
» Hier je m'endormis au fond d'une tour sombre.
» Où donc ai-je régné? Seigneur, dites-le moi.

» Hélas ! mon père est mort d'une mort bien amère ;

» Ses bourreaux, ô mon Dieu, m'ont abreuvé de fiel ;

» Je suis un orphelin ; je viens chercher ma mère,

 » Qu'en mes rêves j'ai vue au ciel. »


Les anges répondaient : — « Ton Sauveur te réclame.

» Ton Dieu d'un monde impie a rappelé ton ame.

» Fuis la terre insensée où l'on brise la Croix,

» Où jusque dans la mort descend le Régicide,

 » Où le Meurtre, d'horreurs avide,

» Fouille dans les tombeaux pour y chercher des rois ! »


— « Quoi ! de ma longue vie ai-je achevé le reste ? »

Disait-il ; « tous mes maux, les ai-je enfin soufferts ?

» Est-il vrai qu'un geôlier, de ce rêve céleste,

» Ne viendra pas demain m'éveiller dans mes fers ?

» Captif, de mes tourmens cherchant la fin prochaine,

» J'ai prié, Dieu veut-il enfin me secourir ?

» Oh ! n'est-ce pas un songe ? A-t-il brisé ma chaîne ?

 » Ai-je eu le bonheur de mourir ?

» Car vous ne savez point quelle était ma misère !

» Chaque jour dans ma vie amenait des malheurs ;

» Et lorsque je pleurais, je n'avais pas ma mère,

» Pour chanter à mes cris, pour sourire à mes pleurs.

» D'un châtiment sans fin languissante victime,

» De ma tige arraché comme un tendre arbrisseau,

» J'étais proscrit bien jeune, et j'ignorais quel crime

    » J'avais commis dans mon berceau.


» Et pourtant, écoutez : bien loin dans ma mémoire,

» J'ai d'heureux souvenirs avant ces temps d'effroi ;

» J'entendais en dormant des bruits confus de gloire,

» Et des peuples joyeux veillaient autour de moi.

» Un jour tout disparut dans un sombre mystère ;

» Je vis fuir l'avenir à mes destins promis ;

» Je n'étais qu'un enfant, faible et seul sur la terre,

    » Hélas ! et j'eus des ennemis !


» Ils m'ont jeté vivant sous des murs funéraires ;

» Mes yeux voués aux pleurs n'ont plus vu le soleil ;

» Mais vous que je retrouve, anges du ciel, mes frères,

» Vous m'avez visité souvent dans mon sommeil.

» Mes jours se sont flétris dans leurs mains meurtrières,

» Seigneur, mais les méchans sont toujours malheureux ;

» Oh ! ne soyez pas sourd comme eux à mes prières,

       » Car je viens vous prier pour eux. »


Et les anges chantaient : — « L'arche à toi se dévoile,

» Suis-nous : sur ton beau front nous mettrons une étoile.

» Prends les ailes d'azur des chérubins vermeils.

» Tu viendras avec nous bercer l'enfant qui pleure,

       » Ou, dans leur brûlante demeure,

» D'un souffle lumineux rajeunir les soleils ! »


### III.


Soudain le chœur cessa, les élus écoutèrent :

Il baissa son regard par les larmes terni ;

Au fond des cieux muets les mondes s'arrêtèrent,

Et l'éternelle voix parla dans l'infini.

4*

« O Roi! je t'ai gardé loin des grandeurs humaines.

» Tu t'es réfugié du trône dans les chaînes.

    » Va, mon fils, bénis tes revers.

» Tu n'as point su des rois l'esclavage suprême,

» Ton front du moins n'est pas meurtri du diadême,

    » Si tes bras sont meurtris de fers.


» Enfant, tu t'es courbé sous le poids de la vie.

» Et la terre, pourtant, d'espérance et d'envie

    » Avait entouré ton berceau!

» Viens, ton Seigneur lui-même eut ses douleurs divines,

» Et mon fils, comme toi, Roi couronné d'épines,

    » Porta le sceptre de roseau! »


\*

Décembre 1822.

# LE RÉTABLISSEMENT

DE LA

# STATUE DE HENRI IV.

*Accingunt omnes operi, pedibusque rotarum*
*Subjiciunt lapsus, et stupea vincula collo*
*Intendunt.... Pueri circum innuptæque puellæ*
*Sacra canunt, funemque manu contingere gaudent !*

VIRGILE.

VI.

## Ode Sixième.

### I.

Je voyais s'élever, dans le lointain des âges,
Ces monumens, espoir de cent rois glorieux ;
Puis je voyais crouler les fragiles images
    De ces fragiles demi-dieux.
Alexandré, un pêcheur des rives du Pyrée
    Foule ta statue ignorée,
    Sur le pavé du Parthénon ;
Et les premiers rayons de la naissante aurore
En vain dans le désert interrogent encore
    Les muets débris de Memnon.

Ont-ils donc prétendu, dans leur esprit superbe,

Qu'un bronze inanimé dût les rendre immortels?

Demain le temps peut-être aura caché sous l'herbe

      Leurs imaginaires autels.

Le proscrit à son tour peut remplacer l'idole ;

      Des piédestaux du Capitole

      Sylla détrône Marius.

Aux outrages du sort insensé qui s'oppose !

Le sage, de l'affront dont frémit Théodose,

      Sourit avec Démétrius.


D'un héros toutefois l'image auguste et chère

Hérite du respect qui payait ses vertus :

Trajan domine encor les champs que de Tibère

      Couvrent les temples abattus.

Souvent, lorsqu'en l'horreur des discordes civiles

      La terreur planait sur les villes,

      Aux cris des peuples révoltés,

Un héros, respirant dans le marbre immobile,

Arrêtait tout-à-coup par son regard tranquille

      Les factieux épouvantés !

## II.

Eh quoi! sont-ils donc loin ces jours de notre histoire
Où Paris sur son prince osa lever son bras?
Où l'aspect de Henri, ses vertus, sa mémoire,
       N'ont pu désarmer des ingrats?
Que dis-je? Ils ont détruit sa statue adorée.
           Hélas! cette horde égarée
           Mutilait l'airain renversé ;
Et cependant, des morts souillant le saint asile,
Leur sacrilége main demandait à l'argile
           L'empreinte de son front glacé !


Voulaient-ils donc jouir d'un portrait plus fidèle
Du héros dont leur haine a payé les bienfaits?
Voulaient-ils, réprouvant leur fureur criminelle,
           Le rendre à nos yeux satisfaits?
Non ; mais c'était trop peu de briser son image :
           Ils venaient encor, dans leur rage,
           Briser son cercueil outragé.

Tel, troublant le désert d'un rugissement sombre,
Le tigre en se jouant cherche à dévorer l'ombre
      Du cadavre qu'il a rongé.


Assis près de la Seine, en mes douleurs amères,
Je me disais : « La Seine arrose encore Ivry,
Et les flots sont passés où, du temps de nos pères,
      Se peignaient les traits de Henri.
Nous ne verrons jamais l'image vénérée
      D'un roi qu'à la France éplorée
      Enleva sitôt le trépas ;
Sans saluer Henri nous irons aux batailles,
Et l'étranger viendra chercher dans nos murailles
      Un héros qu'il n'y verra pas ! »


### III.


Où courez-vous ?—Quel bruit naît, s'élève et s'avance ?
Qui porte ces drapeaux, signe heureux de nos rois ?
Dieu ! quelle masse au loin semble, en sa marche immense,

Broyer la terre sous son poids?
Répondez..... Ciel! c'est lui! je vois sa noble tête....
    Le peuple, fier de sa conquête,
    Répète en chœur son nom chéri.
O ma lyre, tais-toi dans la publique ivresse;
Que seraient tes concerts près des chants d'allégresse
    De la France aux pieds de Henri?


Par mille bras traîné, le lourd colosse roule.
Ah! volons, joignons-nous à ces efforts pieux.
Qu'importe si mon bras est perdu dans la foule!
    Henri me voit du haut des cieux.
Tout un peuple a voué ce bronze à ta mémoire,
    O chevalier, rival en gloire
    Des Bayard et des Duguesclin!
De l'amour des Français reçois la noble preuve,
Nous devons ta statue au denier de la veuve,
    A l'obole de l'orphelin.


N'en doutez pas : l'aspect de cette image auguste

Rendra nos maux moins grands, notre bonheur plus doux,
O Français ! louez Dieu ; vous voyez un Roi juste,
  Un Français de plus parmi vous.
Désormais, dans ses yeux, en volant à la gloire,
  Nous viendrons puiser la victoire ;
  Henri recevra notre foi ;
Et quand on parlera de ses vertus si chères,
Nos enfans n'iront pas demander à nos pères
  Comment souriait le bon Roi !


IV.


Jeunes amis, dansez autour de cette enceinte ;
Mêlez vos pas joyeux, mêlez vos heureux chants.
Henri, car sa bonté dans ses traits est empreinte,
  Bénira vos transports touchans.
Près des vains monumens que des tyrans s'élèvent,
  Qu'après de longs siècles achèvent
  Les travaux d'un peuple opprimé,
Qu'il est beau cet airain où d'un Roi tutélaire

La France aime à revoir le geste populaire,
    Et le regard accoutumé!


Que le fier conquérant de la Perse avilie,
Las de léguer ses traits à de frêles métaux,
Menace, dans l'accès de sa vaste folie,
    D'imposer sa forme à l'Athos;
Qu'un Pharaon cruel, superbe en sa démence,
    Couvre d'un obélisque immense
    Le grand néant de son cercueil;
Son nom meurt, et bientôt l'ombre des Pyramides,
Pour l'étranger, perdu dans ces plaines arides,
    Est le seul bienfait de l'orgueil!


Un jour (mais repoussons tout présage funeste!)
Si des ans ou du sort les coups encor vainqueurs
Brisaient de notre amour le monument modeste,
    Henri! tu vivrais dans nos cœurs;
Cependant que du Nil les montagnes altières,
    Cachant cent royales poussières,

Du monde inutile fardeau,
Du temps et de la mort attestent le passage,
Et ne sont déjà plus à l'œil ému du sage
Que la ruine d'un tombeau.

\*

Février 1819.

# LA MORT

DU

# DUC DE BERRY.

Le Meurtre d'une main violente brise les liens les plus sacrés, la Mort vient enlever le jeune homme florissant, et le Malheur s'approche comme un ennemi rusé au milieu des jours de fête.

SCHILLER.

VII.

## Ode Septième.

### I.

MODÉRONS les transports d'une ivresse insensée;
Le passage est bien court de la joie aux douleurs;
La mort aime à poser sa main lourde et glacée
    Sur des fronts couronnés de fleurs.
Demain, souillés de cendre, humbles, courbant nos têtes,
    Le vain souvenir de nos fêtes
    Sera pour nous presque un remords;
Nos jeux seront suivis des pompes sépulcrales;
Car chez nous, malheureux! l'hymne des Saturnales
    Sert de prélude au chant des Morts.

## II.

Fuis les banquets : fais trève à ton joyeux délire,
Paris, triste cité ! détourne tes regards
Vers le cirque où l'on voit aux accords de la lyre
     S'unir les prestiges des arts.
Chœurs, interrompez-vous ; cessez, danses légères ;
     Qu'on change en torches funéraires
     Ces feux purs, ces brillans flambeaux ; —
Dans cette enceinte, auprès d'une couche sanglante,
J'entends un prêtre saint dont la voix chancelante
     Dit la prière des tombeaux !


Sous ces lambris frappés des éclats de la joie,
Près d'un lit où soupire un mourant étendu,
D'une famille auguste, au désespoir en proie,
     Je vois le cortége éperdu.
C'est un père à genoux, c'est un frère en alarmes,
     Une sœur qui n'a point de larmes
     Pour calmer ses sombres douleurs ;

Car ses affreux revers ont, dès son plus jeune âge,
Dans ses yeux, enflammés d'un si mâle courage,
    Tari la source de ses pleurs.


Sur l'échafaud, aux cris d'un sénat sanguinaire,
Sa mère est morte en reine et son père en héros ;
Elle a vu dans les fers périr son jeune frère,
    Et n'a pu trouver des bourreaux.
Et quand des rois ligués la main brisa ses chaînes,
    Long-temps, sur des rives lointaines,
    Elle a fui nos bords désolés ;
Elle a revu la France, après tant de misères,
Pour apprendre, en rentrant au palais de ses pères,
    Que ses maux n'étaient pas comblés !


Plus loin, c'est une épouse... Oh ! qui peindra ses craintes,
Sa force, ses doux soins, son amour assidu ?
Hélas ! et qui dira ses lamentables plaintes,
    Quand tout espoir sera perdu ?
Quels étaient nos transports, ô vierge de Sicile,

                        5*

Quand naguère à ta main docile
Berry joignit sa noble main !
Devais-tu donc, princesse, en touchant ce rivage,
Voir sitôt succéder le crêpe du veuvage
Au chaste voile de l'hymen ?


Berry, quand nous vantions ta paisible conquête,
Nos chants ont réveillé le dragon endormi ;
L'Anarchie en grondant a relevé sa tête,
Et l'enfer même en a frémi.
Elle a rugi : soudain, du milieu des ténèbres,
Clément poussa des cris funèbres :
Ravaillac agita ses fers ;
Et le monstre, étendant ses deux ailes livides,
Aux applaudissemens des ombres régicides,
S'envola du fond des enfers !


Le Démon, vers nos bords tournant son vol funeste,
Voulut, brisant ces lis qu'il flétrit tant de fois,
Épuiser d'un seul coup le déplorable reste

D'un sang, trop fertile en bons rois.
Long-temps le sbire obscur qu'il arma pour son crime,
 Rêveur, autour de la victime
 Promena ses affreux loisirs ;
Enfin le ciel permet que son vœu s'accomplisse :
Pleurons tous, car le meurtre a choisi pour complice
 Le tumulte de nos plaisirs !


Le fer brille... un cri part : guerriers, volez aux armes !
C'en est fait : la duchesse accourt en pâlissant ;
Son bras soutient Berry qu'elle arrose de larmes,
 Et qui l'inonde de son sang.
Dressez un lit funèbre : est-il quelque espérance ?...
 Hélas ! un lugubre silence
 A condamné son triste époux.
Assistez-le, Madame, en ce moment horrible ;
Les soins cruels de l'art le rendront plus terrible,
 Les vôtres le rendront plus doux.


Monarque en cheveux blancs, hâte-toi, le temps presse ;

Un Bourbon va rentrer au sein de ses aïeux ;
Viens, accours vers ce fils, l'espoir de ta vieillesse :
    Car ta main doit fermer ses yeux !
Il a béni sa fille, à son amour ravie ;
    Puis, des vanités de sa vie
    Il proclame un noble abandon ;
Vivant, il pardonna ses maux à la patrie ;
Et son dernier soupir, digne du Dieu qu'il prie,
    Est encore un cri de pardon.


Mort sublime ! ô regrets ! vois sa grande ame, et pleure ;
Porte au ciel tes clameurs, ô peuple désolé.
Tu l'as trop peu connu : c'est à sa dernière heure
    Que le héros s'est révélé.
Pour consoler la Veuve, apportez l'Orpheline ;
    Donnez sa fille à Caroline,
    La nature encore a ses droits.
Mais, quand périt l'espoir d'une tige féconde,
Qui pourra consoler, dans sa terreur profonde,
    La France, veuve de ses rois ?

A l'horrible récit, quels cris expiatoires
Vont pousser nos guerriers, fameux par leur valeur !
L'Europe, qu'ébranlait le bruit de leurs victoires,
    Va retentir de leur douleur.
Mais toi, que diras-tu, chère et noble Vendée ?
    Si long-temps de sang inondée,
    Tes regrets seront superflus ;
Et tu seras semblable à la mère accablée,
Qui s'assied sur sa couche et pleure inconsolée,
    Parce que son enfant n'est plus !


Bientôt vers Saint-Denis, désertant nos murailles,
Au bruit sourd des clairons, peuple, prêtres, soldats,
Nous suivrons à pas lents le char des funérailles,
    Entouré des chars des combats.
Hélas ! jadis souillé par des mains téméraires,
    Saint-Denis, où dormaient ses pères,
    A vu déjà bien des forfaits ;
Du moins, puisse, à l'abri des complots parricides,
Sous ces murs profanés, parmi ces tombes vides,
    Sa cendre reposer en paix !

### III.

D'Enghien s'étonnera, dans les célestes sphères,
De voir sitôt l'ami cher à ses jeunes ans,
A qui le vieux Condé, prêt à quitter nos terres,
    Léguait ses devoirs bienfaisans.
A l'aspect de Berry, leur dernière espérance,
        Des rois que révère la France
        Les ombres frémiront d'effroi ;
Deux héros gémiront sur leurs races éteintes,
Et le vainqueur d'Ivry viendra mêler ses plaintes
        Aux pleurs du vainqueur de Rocroy.


Ainsi, Bourbon, au bruit du forfait sanguinaire,
On te vit vers d'Artois accourir désolé ;
Car tu savais les maux que laisse au cœur d'un père
    Un fils avant l'âge immolé.
Mais bientôt, chancelant dans ta marche incertaine,
        L'affreux souvenir de Vincenne
        Vint s'offrir à tes sens glacés ;

Tu pâlis ; et d'Artois, dans la douleur commune,
Sembla presque oublier sa récente infortune,
    Pour plaindre tes revers passés.


Et toi, veuve éplorée, au milieu de l'orage,
Attends des jours plus doux, espère un sort meilleur ;
Prends ta sœur pour modèle, et puisse ton courage
    Être aussi grand que ton malheur !
Tu porteras comme elle une urne funéraire ;
    Comme elle, au sein du sanctuaire,
    Tu gémiras sur un cercueil ;
L'Hydre des factions, qui, sorti des ténèbres,
A marqué pour ta sœur tant d'époques funèbres,
    Te fait aussi ton jour de deuil !


IV.


Pourtant, ô frêle appui de la tige royale,
Si Dieu par ton secours signale son pouvoir,
Tu peux sauver la France, et de l'Hydre infernale

Tromper encor l'affreux espoir.
Ainsi, quand le Serpent, auteur de tous les crimes,
Vouait d'avance aux noirs abîmes
L'homme que son forfait perdit,
Le Seigneur abaissa sa farouche arrogance ;
Une femme apparut, qui, faible et sans défense
Brisa du pied son front maudit !

\*

Février 1820.

# LA NAISSANCE

### DU

# DUC DE BORDEAUX.

Le ciel.... prodigue en leur faveur les miracles. La postérité
de Joseph rentre dans la terre de Gessen; et cette conquête, due aux larmes
des vainqueurs, ne coûte pas une larme aux vaincus.

CHATEAUBRIAND. *Martyrs.*

VIII.

## Ode Huitième.

### I.

Savez-vous, voyageur, pourquoi, dissipant l'ombre,
D'innombrables clartés brillent dans la nuit sombre?
Quelle immense vapeur rougit les cieux couverts?
Et pourquoi mille cris, frappant la nue ardente,
    Dans la ville, au loin rayonnante,
Comme un concert confus, s'élèvent dans les airs?

## II.

O joie! ô triomphe! ô mystère!
Il est né l'Enfant glorieux,
L'Ange que promit à la terre
Un Martyr partant pour les cieux!
L'avenir voilé se révèle.
Salut à la flamme nouvelle
Qui ranime l'ancien flambeau!
Honneur à ta première aurore,
O jeune lis qui viens d'éclore,
Tendre fleur qui sors d'un tombeau!


C'est Dieu qui l'a donné, le Dieu de la prière :
La cloche, balancée aux tours du sanctuaire,
Comme aux jours du repos, y rappelle nos pas.
C'est Dieu qui l'a donné; le Dieu de la victoire! —
Chez les vieux martyrs de la gloire
Les canons ont tonné, comme au jour des combats.

Ce bruit, si cher à ton oreille,
Joint aux voix des temples bénis,
N'a-t-il donc rien qui te réveille,
O toi, qui dors à Saint-Denis?
Lève-toi ! Henri doit te plaire
Au sein du berceau populaire ;
Accours ! ô père triomphant !
Enivre sa lèvre trompée,
Et viens voir si ta grande épée
Pèse aux mains du royal enfant.


Hélas ! il est absent, il est au sein des justes.
Sans doute, en ce moment, de ses aïeux augustes
Le cortége vers lui s'avance consolé :
Car il rendit, mourant sous des coups parricides,
    Un héros à leurs tombes vides,
Une race de rois à leur trône isolé.


Parmi tous ces nobles fantômes,
Qu'il élève un front couronné,

Qu'il soit fier dans les saints royaumes,
Le père du roi nouveau-né !
Une race longue et sublime
Sort de l'immortelle victime :
Tel un fleuve mystérieux,
Fils d'un mont frappé du tonnerre,
De son cours fécondant la terre,
Cache sa source dans les cieux !


Honneur au rejeton qui deviendra la tige !
Henri, nouveau Joas, sauvé par un prodige,
A l'ombre de l'autel croîtra vainqueur du sort ;
Un jour, de ses vertus notre France embellie,
     A ses sœurs, comme Cornélie,
Dira : Voilà mon fils, c'est mon plus beau trésor.


### III.


O toi, de ma pitié profonde
Reçois l'hommage solennel,

Humble objet des regards du monde,
Privé du regard paternel !
Puisses-tu, né dans la souffrance,
Et de ta mère et de la France
Consoler la longue douleur !
Que le bras divin t'environne,
Et puisse, ô Bourbon, la couronne
Pour toi ne pas être un malheur !


Oui, souris, Orphelin, aux larmes de ta mère !
Écarte, en te jouant, ce crêpe funéraire
Qui voile ton berceau des couleurs du cercueil ;
Chasse le noir passé qui nous attriste encore ;
    Sois à nos yeux comme une aurore !
Rends le jour et la joie à notre ciel en deuil.


Ivre d'espoir, ton Roi lui-même,
Consacrant le jour où tu nais,
T'impose, avant le saint baptême,
Le baptême du Béarnais.

La Veuve t'offre à l'Orpheline !
Vers toi, conduit par l'Héroïne,
Vient ton Aïeul en cheveux blancs ;
Et la foule, bruyante et fière,
Se presse à ce Louvre, où naguère,
Muette, elle entrait à pas lents.


Guerriers, peuple, chantez ; Bordeaux, lève ta tête,
Cité qui, la première, aux jours de la conquête,
Rendue aux fleurs de lis, as proclamé ta foi.
Et toi, que le Martyr aux combats eût guidée,
   Sors de ta douleur, ô Vendée !
Un roi naît pour la France, un soldat naît pour toi.


IV.


Rattachez la nef à la rive : —
La Veuve reste parmi nous,
Et de sa patrie adoptive
Le ciel lui semble enfin plus doux.

L'espoir à la France l'enchaîne :
Aux champs où fut frappé le chêne
Dieu fait croître un frêle roseau.
L'amour retient l'humble colombe ;
Il faut prier sur une tombe,
Il faut veiller sur un berceau.


Dis, qu'irais-tu chercher au lieu qui te vit naître,
Princesse ? Parthénope outrage son vieux maître :
L'étranger, qu'attiraient des bords exempts d'hivers,
Voit Palerme en fureur, voit Messine en alarmes,
    Et, plaignant la Sicile en armes,
De ce funèbre Éden fuit les sanglantes mers !


    Mais que les deux Volcans s'éveillent !
    Que le souffle du Dieu jaloux
    Des sombres géans qui sommeillent
    Rallume enfin l'ardent courroux ;
    Devant les flots brûlans des laves,
    Que seront ces hautains esclaves,

6*

Ces chefs d'un jour, ces grands soldats?
Courage! ô vous, vainqueurs sublimes! —
Tandis que vous marchez aux crimes,
La terre tremble sous vos pas!


Reste au sein des Français! ô fille de Sicile!
Ne fuis pas, pour des bords d'où le bonheur s'exile,
Une terre où le lis se relève immortel;
Où du Peuple et des Rois l'union salutaire
    N'est point cet hymen adultère
Du trône et des partis, des camps et de l'autel.


## V.


Nous, ne craignons plus les tempêtes!
Bravons l'horizon menaçant :
Les forfaits qui chargeaient nos têtes
Sont rachetés par l'innocent!
Quand les nochers, dans la tourmente,
Jadis voyaient l'onde écumante

Entr'ouvrir leur frêle vaisseau,
Sûrs de la clémence éternelle,
Pour sauver la nef criminelle
Ils y suspendaient un berceau.

*

Octobre 1820.

# LE BAPTÊME

## DU

# DUC DE BORDEAUX.

*Sinite parvulos venire ad me.*
*— Venerunt reges.*
ÉVANGILE.

IX.

## Ode Neuvième.

### I.

« O ! disaient les peuples du monde,
» Les derniers temps sont-ils venus?
» Nos pas, dans une nuit profonde,
» Suivent des chemins inconnus.
» Où va-t-on? dans la nuit perfide,
» Quel est ce fanal qui nous guide,
» Tous courbés sous un bras de fer?
» Est-il propice? est-il funeste?
» Est-ce la colonne céleste?
» Est-ce une flamme de l'enfer?

» Les tribus des chefs se divisent :

» Les troupeaux chassent les pasteurs ;

» Et les sceptres des Rois se brisent

» Devant les faisceaux des Préteurs.

» Les trônes tombent ; l'autel croule ;

» Les factions naissent en foule

» Sur les bords des deux Océans ;

» Et les ambitions serviles

» Qui dormaient comme des reptiles,

» Se lèvent comme des géans !


» Ah ! malheur ! nous avons fait gloire,

» Hélas ! d'attentats inouïs,

» Tels qu'en cherche en vain la mémoire

» Dans les siècles évanouis.

» Malheur ! tous nos forfaits l'appellent,

» Tous les signes nous le révèlent,

» Le jour des arrêts solennels.

» L'homme est digne enfin des abîmes ;

» Et rien ne manque à ses longs crimes,

» Que les châtimens éternels.

Le Très-Haut a pris leur défense,
Lorsqu'ils craignaient son abandon ;
L'homme peut épuiser l'offense,
Dieu n'épuise pas le pardon !
Il mène au repentir l'impie :
Lui-même, pour nous, il expie
L'oubli des lois qu'il nous donna ;
Pour lui seul il reste sévère ;
C'est la Victime du Calvaire
Qui fléchit le Dieu du Sina !


II.


Par un autre berceau sa main nous sauve encore !
Le monde du bonheur n'ose entrevoir l'aurore,
Quoique Dieu des méchans ait puni les défis ;
Et troublant leurs conseils, dispersant leurs phalanges,
     Nous ait donné l'un de ses Anges,
Comme aux antiques jours il nous donna son Fils

Tel, lorsqu'il sort vivant du gouffre de ténèbres,
Le Prophète voit fuir les visions funèbres !
La terre est sous ses pas, le jour luit à ses yeux ;
Mais lui, tout ébloui de la flamme éternelle,
    Long-temps à sa vue infidèle
La lueur de l'enfer voile l'éclat des cieux.


Peuples, ne doutez pas ! chantez votre victoire.
Un sauveur naît, vêtu de puissance et de gloire ;
Il réunit le glaive et le sceptre en faisceau ;
Des leçons du malheur naîtront nos jours prospères
    Car de soixante Rois, ses pères,
Les ombres sans cercueils veillent sur son berceau !


Son nom seul a calmé nos tempêtes civiles.
Ainsi qu'un bouclier il a couvert les villes.
La révolte et la haine ont déserté nos murs.
Tel du jeune lion, qui lui-même s'ignore,
    Le premier cri, paisible encore,
Fait de l'antre royal fuir cent monstres impurs.

### III.

Quel est cet Enfant débile
Qu'on porte aux sacrés parvis ?
Toute une foule immobile
Le suit de ses yeux ravis ;
Son front est nu, ses mains tremblent,
Ses pieds, que des nœuds rassemblent,
N'ont point commencé de pas ;
La faiblesse encor l'enchaîne ;
Son regard ne voit qu'à peine
Et sa voix ne parle pas.


C'est un Roi parmi les hommes ;
En entrant dans le saint lieu,
Il devient ce que nous sommes : —
C'est un homme aux pieds de Dieu !
Cet Enfant est notre joie ;
Dieu pour sauveur nous l'envoie,
Sa loi l'abaisse aujourd'hui.

Les Rois, qu'arme son tonnerre,
Sont tout par lui sur la terre,
Et ne sont rien devant lui !


Que tout tremble et s'humilie.
L'orgueil mortel parle en vain ;
Le Lion royal se plie
Au joug de l'Agneau divin.
Le Père, entouré d'étoiles,
Vers l'Enfant, faible et sans voiles
Descend, sur les vents porté ;
L'Esprit-Saint de feux l'inonde ;
Il n'est encor né qu'au monde,
Qu'il naisse à l'éternité !


Marie, aux rayons modestes,
Heureuse et priant toujours,
Guide les Vierges célestes
Vers son vieux temple aux deux tours.
Toutes les saintes Armées,

Parmi les soleils semées,
Suivent son char triomphant ;
La Charité les devance,
La Foi brille, et l'Espérance
S'assied près de l'humble Enfant !


### IV.


Jourdain ! te souvient-il de ce qu'ont vu tes rives?
Naguère un pélerin près de tes eaux captives
Vint s'asseoir et pleura, pareil en sa ferveur
A ces Preux qui jadis, terrible et saint cortége,
        Ravirent au joug sacrilége
Ton onde baptismale et le tombeau sauveur !


Ce Chrétien avait vu, dans la France usurpée,
Trône, autel, chartres, lois, tomber sous une épée ;
Les vertus sans honneur, les forfaits impunis ;
Et lui, des vieux croisés cherchait l'ombre sublime,

Et, s'exilant près de Solime,
Aux lieux où Dieu mourut pleurait ses Rois bannis !


L'eau du saint fleuve emplit sa gourde voyageuse ;
Il partit ; il revit notre rive orageuse,
Ignorant quel bonheur attendait son retour,
Et qu'à l'enfant des rois, du fond de l'Arabie,
     Il apportait, nouveau Tobie,
Le remède divin qui rend l'aveugle au jour.


Qu'il soit fier dans ses flots, le fleuve des prophètes !
Peuples, l'eau du salut est présente à nos fêtes ;
Le ciel sur cet Enfant a placé sa faveur ;
Qu'il reçoive les eaux que reçut Dieu lui-même ;
     Et qu'à l'onde de son baptême,
Le monde rassuré reconnaisse un Sauveur !


A vous, comme à Clovis, prince, Dieu se révèle.
Soyez du temple saint la colonne nouvelle.

Votre ame en vain du lis efface la blancheur ;
Quittez l'orgueil du rang, l'orgueil de l'innocence ;
    Dieu vous offre, dans sa puissance,
La piscine du pauvre et la croix du pécheur.

## V.

L'Enfant, quand du Seigneur sur lui brille l'aurore,
Ignore le martyre et sourit à la croix ;
Mais un autre baptême, hélas ! attend encore
    Le front infortuné des Rois. —
Des jours viendront, jeune homme, où ton ame troublée,
    Du fardeau d'un peuple accablée,
    Frémira d'un effroi pieux,
Quand l'Évêque sur toi répandra l'huile austère,
Formidable présent qu'aux maîtres de la terre
    La colombe apporta des cieux.

Alors ! ô Roi chrétien, au Seigneur sois semblable ;
Sache être grand par toi, comme il est grand par lui ;
Car le sceptre devient un fardeau redoutable

Dès qu'on veut s'en faire un appui.

Un vrai Roi sur sa tête unit toutes les gloires ;

     Et si, dans ses justes victoires,

     Par la mort il est arrêté,

Il voit, comme Bayard, une croix dans son glaive,

Et ne fait, quand le ciel à la terre l'enlève,

     Que changer d'immortalité !

### A LA MUSE.

     Je vais, ô Muse, où tu m'envoies !

     Je ne sais que verser des pleurs ;

     Mais qu'il soit fidèle à leurs joies,

     Ce luth fidèle à leurs douleurs !

     Ma voix, dans leur récente histoire,

     N'a point sur des tons de victoire,

     Appris à louer le Seigneur.

     O Rois, victimes couronnées !

     Lorsqu'on chante vos destinées,

     On sait mal chanter le bonheur.

\*

Mai 1821.

## A M. le Comte Gaspard de Pons.

———●○○●———

# VISION.

7. *Quia defecimus in irá tuá, et in furore tuo turbati sumus;*

8. *Posuisti iniquitates nostras in conspectu tuo, seculum nostrum in illuminatione vultús tui;*

9. *Quoniam omnes dies nostri defecerunt, et in irá tuá defecimus.*
PSAUME 89.

Parce que nous sommes tombés dans votre colère, et que nous avons été troublés dans votre fureur;

Vous avez placé nos iniquités en votre présence, et notre siècle dans la lumière de votre face;

Puisque tous nos jours ont failli, et que nous sommes tombés dans votre colère!

X.

7*

## Ode Dixième.

Voici ce qu'ont dit les Prophètes,
Aux jours où ces hommes pieux
Voyaient en songe sur leurs têtes
L'Esprit-Saint descendre des cieux :
« Dès qu'un siècle, éteint pour le monde,
» Redescend dans la nuit profonde,
» De gloire ou de honte chargé,
» Il va répondre et comparaître
» Devant le Dieu qui le fit naître,
» Seul juge qui n'est pas jugé. »

Or écoutez, fils de la terre,
Vil peuple à la tombe appelé,
Ce qu'en un rêve solitaire
La Vision m'a révélé : —
C'était dans la Cité flottante,
De joie et de gloire éclatante,
Où le jour n'a pas de soleil,
D'où sortit la première aurore,
Et d'où résonneront encore
Les clairons du dernier réveil !


Adorant l'Essence inconnue,
Les Saints, les Martyrs glorieux
Contemplaient, sous l'ardente nue,
Le Triangle mystérieux !
Près du trône où dort le tonnerre,
Parut un Spectre centenaire,
Par l'Ange des Français conduit ;
Et l'Ange, vêtu d'un long voile,
Était pareil à l'humble étoile
Qui mène au ciel la sombre nuit.

Dans les cieux et dans les abîmes

Une Voix alors s'entendit,

Qui jusque parmi ses victimes

Fit trembler l'Archange maudit.

Le char des Séraphins fidèles,

Semé d'yeux, brillant d'étincelles,

S'arrêta sur son triple essieu ;

Et la roue, aux flammes bruyantes,

Et les quatre ailes tournoyantes

Se turent au souffle de Dieu.

LA VOIX.

« Déjà du Livre séculaire

» La page a dix-sept fois tourné ;

» Le gouffre attend que ma colère

» Te pardonne ou t'ait condamné !

» Approche : — je tiens la balance :

» Te voilà nu dans ma présence,

» Siècle innocent ou criminel.

» Faut-il que ton souvenir meure ?

» Réponds : un siècle est comme une heure

» Devant mon regard éternel.

### LE SIÈCLE.

» — J'ai, dans mes pensers magnanimes,

» Tout divisé, tout réuni ;

» J'ai soumis à mes lois sublimes

» Et l'Immuable et l'Infini ;

» J'ai pesé tes volontés mêmes.....

### LA VOIX.

» — Fantôme, arrête ! tes blasphêmes

» Troublent mes Saints d'un juste effroi ;

» Sors de ton orgueilleuse ivresse ;

» Doute aujourd'hui de ta sagesse,

» Car tu ne peux douter de moi.


» Fier de tes aveugles sciences,

» N'as-tu pas ri, dans tes clameurs,

» Et de mon être et des croyances

» Qui gardent les lois et les mœurs ?

» De la mort souillant le mystère,

» N'as-tu pas effrayé la terre

» D'un crime aux humains inconnu ?

» Des Rois, avant les temps célestes,

» N'as-tu pas réveillé les restes ?

LE SIÈCLE.

» — O Dieu ! votre jour est venu !

LA VOIX.

» — Pleure, ô Siècle ! D'abord timide,

» L'erreur grandit comme un géant ;

» L'athée invite au régicide :

» Le·chaos est fils du néant.

» J'aimais une terre lointaine ;

» Un Roi bon, une belle Reine

» Conduisaient son peuple joyeux ;

» Je bénissais leurs jours augustes ;

» Réponds : qu'as-tu fait de ces justes ?

LE SIÈCLE.

» — Seigneur ! je les vois dans vos cieux.

LA VOIX.

» Oui : l'épouvante enfin t'éclaire !

» C'est moi qui marque leur séjour

» Aux réprouvés de ma colère,

» Comme aux élus de mon amour.

» Qu'un rayon tombe de ma face,

» Soudain tout s'anime ou s'efface,

» Tout naît ou retourne au tombeau.

» Mon souffle, propice ou terrible,

» Allume l'incendie horrible,

» Comme il éteint le pur flambeau !


» Que l'oubli muet te dévore.

LE SIÈCLE.

» — Seigneur, votre bras s'est levé ;

» Seigneur, le maudit vous implore !

LA VOIX.

» Non : tais-toi, Siècle réprouvé !

LE SIÈCLE.

» — Eh bien donc ! l'Age qui va naître

» Absoudra mes forfaits peut-être

» Par des forfaits plus odieux ! »

Ici gémit l'humble Espérance,

Et le bel Ange de la France

De son aile voila ses yeux.

LA VOIX.

« Va, ma main t'ouvre les abîmes ;

» Un siècle nouveau prend l'essor ;

» Mais, loin de t'absoudre, ses crimes,

» Maudit ! t'accuseront encor. »

Et comme l'ouragan qui gronde

Chasse à grand bruit jusque sur l'onde

Le flocon vers les mers jeté,

Long-temps la Voix inexorable

Poursuivit le Siècle coupable,

Qui tombait dans l'Éternité.

*

1821.

C

# BUONAPARTE.

*De Deo.*

XI.

## Ode Onzième.

### I.

Quand la terre engloutit les cités qui la couvrent ;
Que le vent sème au loin un poison voyageur ;
Quand l'ouragan mugit ; quand des monts brûlans s'ouvrent ;
    C'est le réveil du Dieu vengeur.
Et si, lassant enfin les clémences célestes,
    Le monde à ces signes funestes
    Ose répondre en les bravant,
Un homme alors, choisi par la main qui foudroie,
Des aveugles fléaux ressaisissant la proie,
    Paraît, comme un fléau vivant !

Parfois, élus maudits de la fureur suprême,
Entre les nations des hommes sont passés,
Triomphateurs long-temps armés de l'anathême, —
    Par l'anathême renversés !
De l'esprit de Nemrod héritiers formidables,
    Ils ont sur les peuples coupables
    Régné par la flamme et le fer ;
Et dans leur gloire impie, en désastres féconde,
Ces envoyés du ciel sont apparus au monde,
    Comme s'ils venaient de l'enfer !


## II.


    Naguère, de lois affranchie,
    Quand la Reine des nations
    Descendit de la monarchie,
    Prostituée aux factions ;
    On vit, dans ce chaos fétide,
    Naître de l'hydre régicide
    Un despote, empereur d'un camp.
    Telle souvent la mer qui gronde

Dévore une plaine féconde
Et vomit un sombre volcan.


D'abord, troublant du Nil les hautes catacombes,
Il vint, chef populaire, y combattre en courant,
Comme pour insulter des tyrans dans leurs tombes,
    Sous sa tente de conquérant. —
Il revint pour régner sur ses compagnons d'armes.
        En vain l'auguste France en larmes
        Se promettait des jours plus beaux ;
Quand des vieux Pharaons il foulait la couronne,
Sourd à tant de néant, ce n'était qu'un grand trône
        Qu'il rêvait sur leurs grands tombeaux !


Un sang royal teignit sa pourpre usurpatrice.
Un guerrier fut frappé par ce guerrier sans foi.
L'anarchie, à Vincenne, admira son complice, —
        Au Louvre elle adora son Roi.
Il fallut presque un Dieu pour consacrer cet homme.
        Le Prêtre-Monarque de Rome

Vint bénir son front menaçant;
Car sans doute en secret effrayé de lui-même,
Il voulait recevoir son sanglant diadême
Des mains d'où le pardon descend.

### III.

Lorsqu'il veut, le Dieu secourable,
Qui livre au méchant le pervers,
Brise le jouet formidable
Dont il tourmentait l'univers.
Celui qu'un instant il seconde
Se dit le seul maître du monde ;
Fier, il s'endort dans son néant ;
Enfin, bravant la loi commune,
Quand il croit tenir sa fortune,
Le fantôme échappe au géant.

### IV.

Dans la nuit des forfaits, dans l'éclat des victoires,
Cet homme, ignorant Dieu qui l'avait envoyé,

De cités en cités promenant ses prétoires,
  Marchait, sur sa gloire appuyé.
Sa dévorante armée avait, dans son passage,
  Asservi les fils de Pélage,
  Devant les fils de Galgacus;
Et quand dans leurs foyers il ramenait ses braves,
Aux fêtes qu'il vouait à ces vainqueurs esclaves,
  Il invitait les rois vaincus !


Dix empires conquis devinrent ses provinces.
Il ne fut pas content dans son orgueil fatal. —
Il ne voulait dormir qu'en une cour de princes,
  Sur un trône continental !
Ses aigles, qui volaient sous vingt cieux parsemées,
  Au Nord, de ses longues armées
  Guidèrent l'immense appareil;
Mais là, parut l'écueil de sa course hardie.
Les peuples sommeillaient : un sanglant incendie
  Fut l'aurore du grand réveil !

Il tomba Roi ; — puis, dans sa route,
Il voulut, fantôme ennemi,
Se relever, afin sans doute
De ne plus tomber à demi.
Alors, loin de sa tyrannie,
Pour qu'une effrayante harmonie
Frappât l'orgueil anéanti,
On jeta ce captif suprême
Sur un rocher, débris lui-même
De quelque ancien monde englouti !

Là, se refroidissant comme un torrent de lave,
Gardé par ses vaincus, chassé de l'univers,
Ce reste d'un tyran, en s'éveillant esclave,
    N'avait fait que changer de fers.
Des trônes restaurés écoutant la fanfare,
    Il brillait de loin comme un phare,
    Montrant l'écueil au nautonnier.
Il mourut. — Quand ce bruit éclata dans nos villes,
Le monde respira dans les fureurs civiles,
    Délivré de son prisonnier !

Ainsi l'orgueil s'égare en sa marche éclatante,
Colosse né d'un souffle et qu'un regard abat. —
Il fit du glaive un sceptre, et du trône une tente.
    Tout son règne fut un combat.
Du fléau qu'il portait lui-même tributaire,
    Il tremblait, prince de la terre ;
    Soldat, on vantait sa valeur.
Retombé dans son cœur comme dans un abîme,
Il passa par la gloire, il passa par le crime,
    Et n'est arrivé qu'au malheur.


V.


    Peuples, qui poursuivez d'hommages
    Les victimes et les bourreaux,
    Laissez-le fuir seul dans les âges : —
    Ce ne sont point là les héros !
    Ces faux dieux, que leur siècle encense,
    Dont l'avenir hait la puissance,
    Vous trompent dans votre sommeil ;

Tels que ces nocturnes aurores
Où passent de grands météores,
Mais que ne suit pas le soleil.

\*

Mars 1822.

# LIVRE DEUXIÈME.

## 1822 — 1823.

*Nos canimus surdis.*

# A MES ODES.

*.... Tentanda via est quâ me quoque possim*
*Tollere humo, victorque virûm volitare per ora.*

VIRGILE.

I.

## Ode Première.

### I.

Mes odes, c'est l'instant de déployer vos ailes.
Cherchez d'un même essor les voûtes immortelles ;
 Le moment est propice... Allons !
 La foudre en grondant vous éclaire,
 Et la tempête populaire
 Se livre au vol des aquilons.

Pour qui rêva long-temps le jour du sacrifice,
Oui, l'heure où vient l'orage est une heure propice ;
    Mais moi, sous un ciel calme et pur,
      Si j'avais, fortuné génie,
      Dans la lumière et l'harmonie
      Vu flotter vos robes d'azur ;


Si nul profanateur n'eût touché vos offrandes ;
Si nul reptile impur, sur vos chastes guirlandes,
      N'eût traîné ses nœuds flétrissans ;
      Si la terre, à votre passage,
      N'eût exhalé d'autre nuage
      Que la vapeur d'un doux encens ;


J'aurais béni la muse et chanté ma victoire.
J'aurais dit au poëte, élancé vers la gloire :
      « O ruisseau ! qui cherches les mers,
      » Coule vers l'océan du monde
      » Sans craindre d'y mêler ton onde ;
      » Car ses flots ne sont pas amers. »

## II.

Heureux qui de l'oubli ne fuit point les ténèbres !
Heureux qui ne sait pas combien d'échos funèbres
    Le bruit d'un nom fait retentir !
    Et si la gloire est inquiète !
    Et si la palme du poëte
    Est une palme de martyr !


Sans craindre le chasseur, l'orage ou le vertige,
Heureux l'oiseau qui plane et l'oiseau qui voltige !
    Heureux qui ne veut rien tenter !
    Heureux qui suit ce qu'il doit suivre !
    Heureux qui ne vit que pour vivre,
    Qui ne chante que pour chanter !


## III.

Vous, ô mes chants, adieu ! cherchez votre fumée !

Bientôt, sollicitant ma porte refermée,
    Vous pleurerez, au sein du bruit,
    Ce temps où, cachés sous des voiles,
    Vous étiez pareils aux étoiles
    Qui ne brillent que pour la nuit ;


Quand, tour à tour, prenant et rèndant la balance,
Quelques amis, le soir, vous jugeaient en silence,
    Poëtes, par la lyre émus,
    Qui fuyaient la ville sonore,
    Et transplantaient les fleurs d'Isaure
    Dans les jardins d'Académus.


Comme un ange, porté sur ses ailes dorées,
Vous veniez, murmurant des paroles sacrées ;
    Pour abattre et pour relever,
    Vous disiez, dans votre délire,
    Tout ce que peut chanter la lyre,
    Tout ce que l'ame peut rêver.

Disputant un prix noble en une sainte arène,
Vous laissiez tout l'Olympe aux fils de l'Hippocrène,
    Rivaux de votre ardent essor ;
    Ainsi que l'amant d'Atalante,
    Pour rendre leur course plus lente,
    Vous leur jetiez les pommes d'or.


On vous voyait, suivis de sylphes et de fées,
Liant d'anciens faisceaux à nos jeunes trophées,
    Chanter les camps et leurs travaux,
    Ou pousser des cris prophétiques,
    Ou demander aux temps gothiques
    Leurs vieux contes, toujours nouveaux.


Souvent vos luths pieux consolaient les couronnes,
Et du haut du trépied vous défendiez les trônes ;
    Souvent, appuis de l'innocent,
    Comme un tribut expiatoire,
    Vous mêliez, pour fléchir l'histoire,
    Une larme à des flots de sang.

## IV.

C'en est fait maintenant, pareils aux hirondelles,
Partez ; qu'un même but vous retrouve fidèles.
    Et moi, pourvu qu'en vos combats
    De votre foi nul cœur ne doute ;
    Et qu'une ame en secret écoute
    Ce que vous lui direz tout bas ;


Pourvu, quand sur les flots, en vingt courans contraires,
L'ouragan chassera vos voiles téméraires,
    Qu'un seul ami, plaignant mon sort,
    Vous voyant battus de l'orage,
    Pose un fanal sur le rivage,
    S'afflige, et vous souhaite un port ;


D'un œil moins désolé je verrai vos naufrages.
Mais le temps presse, allez ! rassemblez vos courages.
    Il faut combattre les méchans.

C'est un sceptre aussi que la lyre !
Dieu, dont nos ames sont l'empire,
A mis un pouvoir dans les chants.

### V.

Le poëte, inspiré lorsque la terre ignore,
Ressemble à ces grands monts que la nouvelle aurore
    Dore avant tous à son réveil,
    Et qui, long-temps vainqueurs de l'ombre,
    Gardent jusque dans la nuit sombre
    Le dernier rayon du soleil.

*

1823.

# L'HISTOIRE.

*Ferrea vox.*
VIRGILE.

II.

9*

## Ode Deuxième.

### I.

Le sort des nations, comme une mer profonde,
A ses écueils cachés et ses gouffres mouvans.
Aveugle qui ne voit, dans les destins du monde,
Que le combat des flots sous la lutte des vents !

Un souffle immense et fort domine ces tempêtes.
Un rayon du ciel plonge à travers cette nuit.
Quand l'homme aux cris de mort mêle le cri des fêtes,
Une secrète voix parle dans ce vain bruit.

Les siècles tour à tour, ces gigantesques frères,
Différens par leur sort, semblables dans leurs vœux,
Trouvent un but pareil par des routes contraires,
Et leurs fanaux divers brillent des mêmes feux.


## II.


Muse ! il n'est point de temps que tes regards n'embrassent ;
Tu suis dans l'avenir leur cercle solennel ;
Car les jours, et les ans, et les siècles ne tracent
Qu'un sillon passager dans le fleuve éternel.


Bourreaux, n'en doutez pas, n'en doutez pas, victimes !
Elle porte en tous lieux son immortel flambeau,
Plane au sommet des monts, plonge au fond des abîmes,
Et souvent fonde un temple où manquait un tombeau.


Elle apporte leur palme aux héros qui succombent,
Du char des conquérans brise le frêle essieu,

Marche en rêvant au bruit des empires qui tombent,
Et dans tous les chemins montre les pas de Dieu !


Du vieux palais des temps elle pose le faîte ;
Les siècles à sa voix viennent se réunir ;
Sa main, comme un captif honteux de sa défaite,
Traîne tout le passé jusque dans l'avenir.


Recueillant les débris du monde en ses naufrages,
Son œil de mers en mers suit le vaste vaisseau,
Et sait voir tout ensemble, aux deux bornes des âges,
Et la première tombe et le dernier berceau !


\*

1823.

## A M. Charles N.

LA BANDE NOIRE.

Voyageur obscur, mais religieux, au travers des ruines
de la patrie.... je priais....

CH. NODIER.

III.

## Ode Troisième.

### I.

« O MURS ! ô créneaux ! ô tourelles !
» Remparts ! fossés aux ponts mouvans !
» Lourds faisceaux de colonnes frêles !
» Fiers châteaux ! modestes couvens !
» Cloîtres poudreux, salles antiques,
» Où gémissaient les saints cantiques,
» Où riaient les banquets joyeux !
» Lieux où le cœur met ses chimères !
» Églises où priaient nos mères,
» Tours où combattaient nos aïeux !

» Parvis où notre orgueil s'enflamme !

» Maisons de Dieu ! manoirs des rois !

» Temples que gardait l'oriflamme,

» Palais que protégeait la croix !

» Réduits d'amour ! arcs de victoires !

» Vous qui témoignez de nos gloires,

» Vous qui proclamez nos grandeurs !

» Chapelles, donjons, monastères !

» Murs voilés de tant de mystères !

» Murs brillans de tant de splendeurs !


» O débris ! ruines de France,

» Que notre amour en vain défend,

» Séjours de joie ou de souffrance,

» Vieux monumens d'un peuple enfant !

» Restes, sur qui le temps s'avance !

» De l'Armorique à la Provence,

» Vous que l'honneur eut pour abri !

» Arceaux tombés ! voûtes brisées !

» Vestiges des races passées !

» Lit sacré d'un fleuve tari !

» Oui, je crois, quand je vous contemple,

» Des héros entendre l'adieu ;

» Souvent, dans les débris du temple,

» Brille comme un rayon du Dieu.

» Mes pas errans cherchent la trace

» De ces fiers guerriers dont l'audace

» Faisait un trône d'un pavois ;

» Je demande, oubliant les heures,

» Au vieil écho de leurs demeures

» Ce qui lui reste de leur voix.


» Souvent ma muse aventurière,

» S'enivrant de rêves soudains,

» Ceignit la cuirasse guerrière,

» Et l'écharpe des paladins ;

» S'armant d'un fer rongé de rouille,

» Elle déroba leur dépouille

» Aux lambris du long corridor ;

» Et vers des régions nouvelles,

» Pour hâter son coursier sans ailes,

» Osa chausser l'éperon d'or.

» J'aimais le manoir dont la route
» Cache dans les bois ses détours,
» Et dont la porte sous la voûte
» S'enfonce entre deux larges tours ;
» J'aimais l'essaim d'oiseaux funèbres
» Qui sur les toits, dans les ténèbres,
» Vient grouper ses noirs bataillons ;
» Ou, levant des voix sépulcrales,
» Tournoie en mobiles spirales
» Autour des légers pavillons.


» J'aimais la tour, verte de lierre,
» Qu'ébranle la cloche du soir ;
» Les marches de la croix de pierre
» Où le voyageur vient s'asseoir ;
» L'église veillant sur les tombes,
» Ainsi qu'on voit d'humbles colombes
» Couver les fruits de leur amour ;
» La citadelle crénelée,
» Ouvrant ses bras sur la vallée,
» Comme les ailes d'un vautour.

» J'aimais le beffroi des alarmes ;

» La cour où sonnaient les clairons ;

» La salle où, déposant leurs armes,

» Se rassemblaient les hauts barons ;

» Les vitraux éclatans ou sombres ;

» Le caveau froid où, dans les ombres,

» Sous des murs que le temps abat,

» Les preux, sourds au vent qui murmure,

» Dorment couchés dans leur armure,

» Comme la veille d'un combat.


» Aujourd'hui, parmi les cascades,

» Sous le dôme des bois touffus,

» Les piliers, les sveltes arcades,

» Hélas ! penchent leurs fronts confus ;

» Les forteresses écroulées,

» Par la chèvre errante foulées,

» Courbent leurs têtes de granit ;

» Restes qu'on aime et qu'on vénère !

» L'aigle à leurs tours suspend son aire,

» L'hirondelle y cache son nid.

» Comme cet oiseau de passage,

» Le poëte, dans tous les temps,

» Chercha, de voyage en voyage,

» Les ruines et le printemps.

» Ces débris, chers à la patrie,

» Lui parlent de chevalerie ;

» La gloire habite leurs néants ;

» Les héros peuplent ces décombres ; —

» Si ce ne sont plus que des ombres,

» Ce sont des ombres de géants !


» O Français ! respectons ces restes !

» Le ciel bénit les fils pieux

» Qui gardent, dans les jours funestes,

» L'héritage de leurs aïeux.

» Comme une gloire dérobée,

» Comptons chaque pierre tombée ;

» Que le temps suspende sa loi ;

» Rendons les Gaules à la France,

» Les souvenirs à l'espérance,

» Les vieux palais au jeune roi !... »

## II.

— Tais-toi, lyre ! Silence, ô lyre du poëte !
Ah ! laisse en paix tomber ces débris glorieux
Au gouffre où nul ami, dans sa douleur muette,
      Ne les suivra long-temps des yeux !
Témoins que les vieux temps ont laissés dans notre âge,
      Gardiens d'un passé qu'on outrage,
      Ah ! fuyez ce siècle ennemi !
Croulez, restes sacrés, ruines solennelles !
Pourquoi veiller encor, dernières sentinelles
      D'un camp, pour jamais endormi ?


Ou plutôt, — que du temps la marche soit hâtée.
Quoi donc ! n'avons-nous point parmi nous ces héros
Qui chassèrent les rois de leur tombe insultée,
      Que les morts ont eus pour bourreaux ?
Honneur à ces vaillans que notre orgueil renomme !
      Gloire à ces braves ! Sparte et Rome
      Jamais n'ont vu d'exploits plus beaux !

Gloire ! ils ont triomphé de ces funèbres pierres,
Ils ont brisé des os, dispersé des poussières !
    Gloire ! ils ont proscrit des tombeaux !


Quel Dieu leur inspira ces travaux intrépides ?
Tout joyeux du néant par leurs soins découvert,
Peut-être ils ne voulaient que des sépulcres vides,
    Comme ils n'avaient qu'un ciel désert ?
Ou, domptant les respects dont la mort nous fascine,
    Leur main peut-être, en sa racine,
    Frappait quelque auguste arbrisseau ;
Et, courant en espoir à d'autres hécatombes,
Leur sublime courage, en attaquant ces tombes,
    S'essayait à vaincre un berceau ?...


Qu'ils viennent maintenant, que leur foule s'élance,
Qu'ils se rassemblent tous, ces soldats aguerris !
Voilà des ennemis dignes de leur vaillance :
    Des ruines et des débris.
Qu'ils entrent sans effroi sous ces portes ouvertes ;

Qu'ils assiégent ces tours désertes ;
Un tel triomphe est sans dangers.
Mais qu'ils n'éveillent pas les preux de ces murailles,
Ces ombres qui jadis ont gagné des batailles
Les prendraient pour des étrangers !


Ce siècle entre les temps veut être solitaire.
Allons ! frappez ces murs, des ans encor vainqueurs.
Non, qu'il ne reste rien des vieux jours sur la terre :
Il n'en reste rien dans nos cœurs.
Cet héritage immense, où nos gloires s'entassent,
Pour les nouveaux peuples qui passent,
Est trop pesant à soutenir ;
Il retarde leurs pas, qu'un même élan ordonne.
Que nous fait le passé ? Du temps que Dieu nous donne,
Nous ne gardons que l'avenir.


Qu'on ne nous vante plus nos crédules ancêtres !
Ils voyaient leurs devoirs où nous voyons nos droits.
Nous avons nos vertus. Nous égorgeons les prêtres,

10*

Et nous assassinons les rois. —
Hélas ! il est trop vrai, l'antique Honneur de France,
La Foi, sœur de l'humble Espérance,
Ont fui notre âge infortuné ;
Des anciennes vertus le crime a pris la place ;
Il cache leurs sentiers, comme la ronce efface
Le seuil d'un temple abandonné.


Quand de ses souvenirs la France dépouillée,
Hélas ! aura perdu sa vieille majesté,
Lui disputant encor quelque pourpre souillée,
Ils riront de sa nudité !
Nous, ne profanons point cette mère sacrée.
Consolons sa gloire éplorée.
Chantons ses astres éclipsés.
Car notre jeune muse, affrontant l'anarchie,
Ne veut pas secouer sa bannière, blanchie
De la poudre des temps passés.


*

1823.

# A MON PÈRE.

*Domestica facta.*
HORACE.

IV.

# Ode Quatrième.

## I.

Quoi ! toujours une lyre et jamais une épée !
Toujours d'un voile obscur ma vie enveloppée !
Point d'arène guerrière à mes pas éperdus !...
Mais jeter ma colère en strophes cadencées !
Consumer tous mes jours en stériles pensées,
      Toute mon ame en chants perdus !

Et cependant, livrée aux tyrans qu'elle brave,
La Grèce aux Rois chrétiens montre sa Croix esclave !
Et l'Espagne à grands cris appelle nos exploits !
Car elle a de l'erreur connu l'ivresse amère ;
Et, comme un orphelin qu'on arrache à sa mère,
Son vieux trône a perdu l'appui des vieilles lois.


Je rêve quelquefois que je saisis ton glaive,
O mon père ! et je vais, dans l'ardeur qui m'enlève,
Suivre au pays du Cid nos glorieux soldats,
Ou faire dire aux fils de Sparte révoltée
Qu'un Français, s'il ne put rendre aux Grecs un Tyrtée,
    Leur sut rendre un Léonidas.


Songes vains ! Mais du moins ne crois pas que ma muse
Ait pour tes compagnons des chants qu'elle refuse,
Mon père ! le poëte est fidèle aux guerriers.
Des honneurs immortels il revêt la victoire ;
Il chante sur leur vie ; et l'amant de la gloire
Comme toutes les fleurs aime tous les lauriers.

## II.

O Français ! des combats la palme vous décore :
Courbés sous un tyran, vous étiez grands encore.
Ce Chef prodigieux par vous s'est élevé ;
Son immortalité sur vos gloires se fonde,
Et rien n'effacera des annales du monde
     Son nom, par vos glaives gravé.


Ajoutant une page à toutes les histoires,
Il attelait des Rois au char de ses victoires.
Dieu dans sa droite aveugle avait mis le trépas.
L'univers haletait sous son poids formidable.
Comme ce qu'un enfant a tracé sur le sable,
Les empires confus s'effaçaient sous ses pas.


Flatté par la fortune, il fut puni par elle.
L'imprudent confiait son destin vaste et frêle
A cet orgueil, toujours sur la terre expié.

Où donc, en sa folie, aspirait ta pensée,
Malheureux ! qui voulais, dans ta route insensée,
　　　Tous les trônes pour marchepied ?


Son jour vint : on le vit, vers la France alarmée,
Fuir, traînant après lui comme un lambeau d'armée,
Chars, coursiers et soldats, pressés de toutes parts.
Tel, en son vol immense atteint du plomb funeste,
Le grand aigle, tombant de l'empire céleste,
Sème sa trace au loin de son plumage épars.


Qu'il dorme maintenant dans son lit de poussière !
On ne voit plus, autour de sa couche guerrière,
Vingt courtisans royaux épier son réveil ;
L'Europe, si long-temps sous son bras palpitante,
Ne compte plus, assise aux portes de sa tente,
　　　Les heures de son noir sommeil.


Reprenez, ô Français, votre gloire usurpée.

Assez dans tant d'exploits on n'a vu qu'une épée !
Assez de la louange il fatigua la voix !
Mesurez la hauteur du géant sur la poudre.
Quel aigle ne vaincrait, armé de votre foudre?
Et qui ne serait grand, du haut de vos pavois?


L'étoile de Brennus luit encor sur vos têtes.
La Victoire eut toujours des Français à ses fêtes.
La paix du monde entier dépend de leur repos.
Sur les pas des Moreau, des Condé, des Xaintrailles,
Ce peuple glorieux dans les champs de batailles
     A toujours usé ses drapeaux.

### III.


Toi, mon père, ployant ta tente voyageuse,
Conte-nous les écueils de ta route orageuse,
Le soir, d'un cercle étroit en silence entouré.
Si d'opulens trésors ne sont plus ton partage,
Va, tes fils sont contens de ton noble héritage :
Le plus beau patrimoine est un nom révéré.

Pour moi, puisqu'il faut voir, et mon cœur en murmure,
Pendre aux lambris poudreux ta vénérable armure;
Puisque ton étendard dort près de ton foyer,
Et que, sous l'humble abri de quelques vieux portiques,
Le coursier, qui m'emporte aux luttes poétiques,
    Laisse rouiller ton char guerrier;


Lègue à mon luth obscur l'éclat de ton épée;
Et du moins, qu'à ma voix, de ta vie occupée,
Ce beau souvenir prête un charme solennel;
Je dirai tes combats aux muses attentives,
Comme un enfant joyeux, parmi ses sœurs craintives,
Traîne, débile et fier, le glaive paternel.


*

Août 1823.

Aux Rois de l'Europe.

# LE REPAS LIBRE.

Il y avait à Rome un antique usage : la veille
de l'exécution des condamnés à mort, on leur donnait, à la porte
de la prison, un repas public appelé *le Repas libre*.

Chateaubriand. *Les Martyrs.*

V.

## Ode Cinquième.

### I.

Lorsqu'a l'antique Olympe immolant l'Évangile,
Le préteur, appuyant d'un tribunal fragile
     Ses temples odieux,
Livide, avait proscrit des Chrétiens pleins de joie,
Victimes qu'attendaient, acharnés sur leur proie,
     Les tigres et les dieux;

Rome offrait un festin à leur élite sainte ;
Comme si, sur les bords du calice d'absynthe,
    Versant un peu de miel,
Sa pitié des martyrs ignorait l'énergie,
Et voulait consoler, par une folle orgie,
    Ceux qu'appelait le ciel.


La pourpre recevait ces convives austères :
Le falerne écumait dans de larges cratères
    Ceints de myrtes fleuris ;
Le miel d'Hybla dorait les vins de Malvoisie,
Et, dans les vases d'or, les parfums de l'Asie
    Lavaient leurs pieds meurtris.


Un art profond, mêlant les tributs des trois mondes,
Dévastait les forêts et dépeuplait les ondes
    Pour ce libre repas ;
On eût dit qu'épuisant la prodigue nature,
Sybaris conviait aux banquets d'Épicure
    Ces élus du trépas.

Les tigres cependant s'agitaient dans leur chaîne :
Les léopards captifs de la sanglante arène
    Cherchaient le noir chemin ;
Et bientôt, moins cruels que les femmes de Rome,
Ces monstres s'étonnaient d'être applaudis par l'homme,
    Baignés de sang humain.


On jetait aux lions les confesseurs, les prêtres.
Telle une main servile à de dédaigneux maîtres
    Offre un mets savoureux.
Lorsqu'au pompeux banquet siégeait leur saint conclave,
La pâle mort, debout, comme un muet esclave,
    Se tenait derrière eux.


## II.


O rois, comme un festin, s'écoule votre vie.
La coupe des grandeurs, que le vulgaire envie,
    Brille dans votre main ;

T. I. 4ᵉ ÉDIT.                    11

Mais, au concert joyeux de la fête éphémère,
Se mêle le cri sourd du tigre populaire
Qui vous attend demain !

\*

1823.

# LA LIBERTÉ.

*Christus nos liberavit.*

## VI.

## Ode Sixième.

### I.

Quand l'impie a porté l'outrage au sanctuaire,
Tout fuit le temple en deuil, de splendeur dépouillé ;
Mais le prêtre fidèle, à genoux sur la pierre,
Prodigue plus d'encens, répand plus de prière,
Courbe plus bas son front devant l'autel souillé.

## II.

Non, sur nos tristes bords, ô belle voyageuse !
Sœur auguste des Rois, fille sainte de Dieu,
Liberté ! pur flambeau de la gloire orageuse,
    Non, je ne t'ai point dit adieu !
Car mon luth est de ceux dont les voix importunes
    Pleurent toutes les infortunes,
    Bénissent toutes les vertus. ·
Mes hymnes dévoués ne traînent point la chaîne
Du vil gladiateur, mais ils vont dans l'arène
    Du linceul des martyrs vêtus.


Dans l'âge où le cœur porte un souffle magnanime,
Où l'homme à l'avenir jette un défi sublime,
Et montre à sa menace un sourire hardi ;
Avant l'heure où périt la fleur de l'espérance,
    Quand l'ame, lasse de souffrance,
Passe du frais matin à l'aride midi ;

Je disais : « O salut ! vierge aimable et sévère !

» Le monde, ô Liberté, suit tes nobles élans ;

» Comme une jeune épouse il t'aime, et te révère

  » Comme une aïeule en cheveux blancs !

» Salut ! tu sais, de l'ame écartant les entraves,

  » Descendre au cachot des esclaves

  » Plutôt qu'au palais des tyrans ;

» Aux concerts du Cédron mêlant ceux du Permesse,

» Ta voix douce a toujours quelque illustre promesse

  » Qu'entendent les héros mourans. »


Je disais. Souriant à mon ivresse austère,

Je vis venir à moi les sages de la terre :

« Voici la Liberté ! plus de sang ! plus de pleurs !

» Les peuples réveillés s'inclinent devant elle.

» Viens, ô son jeune amant ! car voici l'immortelle !.. »

Et j'accourus, portant des palmes et des fleurs.


### III.


O Dieu ! leur Liberté, c'était un monstre immense,

Se nommant Vérité parce qu'il était nu,
Balbutiant les cris de l'aveugle démence,
        Et l'aveu du vice ingénu !
La fable eût pu donner à ses fureurs impies
        L'ongle flétrissant des Harpies
        Et les mille bras d'Ægéon.
La dépouille de Rome ornait l'impure idole.
Le vautour remplaçait l'aigle à son Capitole.
        L'Enfer peuplait son Panthéon.


Le Supplice hagard, la Torture écumante
Lui conduisaient la Mort comme une heureuse amante.
Le Monstre aux pieds foulait tout un peuple innocent ;
Et les sages menteurs, aux paroles divines,
Soutenaient ses pas lourds, quand, parmi les ruines,
        Il chancelait, ivre de sang !


Mêlant les lois de Sparte aux fêtes de Sodome,
Dans tous les attentats cherchant tous les fléaux,
Par le néant de l'ame il croyait grandir l'homme,

Et réveillait le vieux chaos.
Pour frapper leur couronne osant frapper leur tête,
  Des Rois, perdus dans la tempête,
  Il brisait le trône avili ;
Et, de l'éternité lui laissant quelque reste,
Daignait à Dieu, muet dans son exil céleste,
  Offrir un échange d'oubli !


IV.


Et les sages disaient : « Gloire à notre sagesse !
» Voici les jours de Rome et les temps de la Grèce !
» Nations, de vos Rois brisez l'indigne frein.
» Liberté ! n'ayez plus de maîtres que vous-même :
» Car nous tenons de toi notre pouvoir suprême,
» Sois donc heureux et libre, ô peuple souverain !... »


Tyrans adulateurs ! caresses mensongères !
O honte !... Asie, Afrique, où sont tous vos sultans ?
Que leurs sceptres sont doux, et leurs chaînes légères

Près de ces bourreaux insultans !
Rends gloire, ô foule abjecte en tes fers assoupie,
    Au vil monstre d'Éthiopie,        ,
    Par un fer jaloux mutilé !
Gloire aux muets cachés au harem du prophète !
Gloire à l'esclave obscur, qui leur livre sa tête,
    Du moins en silence immolé !


Le sultan, sous des murs de jaspe et de porphyre,
Jetant à cent beautés un dédaigneux sourire,
Foule la pourpre et l'or, et l'ambre et le corail ;
Et de loin, en passant, le peuple peut connaître
    Où sont les plaisirs de son maître,
A la tête, qui pend aux portes du sérail.


Peuple heureux ! éveillant la révolte hardie,
Parmi ses toits troublés, dans l'ombre, bien souvent,
L'inquiet janissaire égare l'incendie
    Sur l'aile bruyante du vent.
Peuple heureux ! d'un visir sa vie est le domaine ;

Un poison, que la mort promène,
  Flétrit son rivage infecté ;
L'esclavage le courbe au joug de l'épouvante :
Peuple trois fois heureux ! divins sages qu'on vante,
  Il n'a pas votre Liberté !


V.


O France ! c'est au ciel, qu'en nos jours de colère,
A fui la Liberté, mère des saints exploits ;
Il faut, pour réfléchir cet astre tutélaire,
Que, pur dans tous ses flots, le fleuve populaire
Coule à l'ombre du trône appuyé sur les lois.


Un dieu du joug du mal a délivré le monde.
Parmi les opprimés il vint prendre son rang ;
Rois ! — en vœux fraternels sa parole est féconde ;
  Peuple ! — il fut pauvre, humble et souffrant.
La Liberté sourit à toutes les victimes,
  A tous les dévoûmens sublimes,

Sauveurs des états secourus ;
A ses yeux la Vendée est sœur des Thermopyles :
Et le même laurier, dans les mêmes asiles,
     Unit Malesherbe et Codrus.


### VI.


Quand l'impie a porté l'outrage au sanctuaire,
Tout fuit le temple en deuil, de splendeur dépouillé ;
Mais le prêtre fidèle, assis dans la poussière,
Prodigue plus d'encens, répand plus de prière,
Courbe plus bas son front devant l'autel souillé.


*

Juillet 1823.

LA

# GUERRE D'ESPAGNE.

*Sine clade victor.*

VII.

## Ode Septième.

### I.

Oh ! que la Royauté, puissante et vénérable,
Fille, aux cheveux blanchis, des âges révolus ;
Perçant de ses clartés leur nuit impénétrable,
    Où tant d'astres ne brillent plus ;
Soumettant l'aigle au cygne et l'autour aux colombes ;
    S'élevant de tombes en tombes ;
    Géant, que grandit son fardeau ;
Consacrant sur l'autel le fer dont elle est ceinte,
Et mêlant les rayons de l'auréole sainte
    Aux fleurons du royal bandeau ;

Oh ! que la Royauté, peuples, est douce et belle ! —
A force de bienfaits elle achète ses droits.
Son bras fort, quand bouillonne une foule rebelle,
    Couvre les sceptres d'une croix.
Ce colosse d'airain, de ses mains séculaires,
    Dans les nuages populaires,
     Lève un phare aux feux éclatans ;
Et, liant au passé l'avenir qu'il féconde,
Pose à la fois ses pieds, en vain battus de l'onde,
    Sur les deux rivages du temps.

## II.

    Aussi, que de malheurs suprêmes
    Elle impose aux infortunés,
    Qui, sous le joug des diadêmes
    Courbèrent leurs fronts condamnés !
    Il faut que leur cœur soit sublime.
    Affrontant la foudre et l'abîme,
    Leur nef ne doit pas fuir l'écueil.
    Un Roi, digne de la couronne,

Ne sait pas descendre du trône,
Mais il sait descendre au cercueil.


Il faut, comme un soldat, qu'un prince ait une épée.
Il faut, des factions quand l'astre impur a lui,
Que, nuit et jour, bravant leur attente trompée,
    Un glaive veille auprès de lui ;
Ou que de son armée il se fasse un cortége ;
    Que son fier palais se protége
    D'un camp au front étincelant ;
Car de la Royauté la Guerre est la compagne :
On ne peut te briser, sceptre de Charlemagne,
    Sans briser le fer de Roland !


### III.


Roland ! — N'est-il pas vrai, noble élu de la guerre,
Que ton ombre, éveillée aux cris de nos guerriers,
Aux champs de Roncevaux lorsqu'ils passaient naguère,
    Les prit pour d'anciens chevaliers ?

Car le héros, assis sur sa tombe célèbre,
  Les voyait, vers les bords de l'Èbre
  Déployant leur vol immortel,
Du haut des monts, pareils à l'aigle ouvrant ses ailes,
Secouer, pour chasser de nouveaux infidèles,
  L'éclatant cimier de Martel !


  Mais un autre héros encore,
  Pélage, l'effroi des tyrans,
  Pélage, autre vainqueur du Maure,
  Dans les cieux saluait nos rangs.
  Au char où notre gloire brille,
  Il attelait de la Castille
  Le vieux lion, fier et soumis ;
  Répétant notre cri d'alarmes,
  Il mêlait sa lance à nos armes,
  Et sa voix nous disait : Amis !


IV.


Des pas d'un conquérant l'Espagne encor fumante,

Pleurait, prostituée à notre Liberté,
Entre les bras sanglans de l'effroyable amante,
    Sa royale virginité.
Ce peuple altier, chargé de despotes vulgaires,
    Maudissait, épuisé de guerres,
    Le monstre, en ses champs accouru ;
Si las des vils tribuns et des tyrans serviles
Que lui-même appelait l'étranger dans ses villes,
    Sans frémir d'être secouru !


Les Français sont venus : — du Rhin jusqu'au Bosphore,
Peuples de l'aquilon, du couchant, du midi,
Pourquoi, vous dont le front, que l'effroi trouble encore,
    Se courba sous leur pied hardi ;
Nations, de la veille à leur chaîne échappées,
    Qu'on vit tomber sous leurs épées,
    Ou qui par eux avez vécu ;
Empires, potentats, cités, royaumes, princes !
Pourquoi, puissans États, qui fûtes nos provinces,
    Me demander s'ils ont vaincu ?

12*

Ils ont appris à l'anarchie

Ce que pèse le fer gaulois ;

Mais par eux l'Espagne affranchie

Ne peut rougir de leurs exploits ;

Tous les peuples, que Dieu seconde,

Quand l'hydre, en désastres féconde,

Tourne vers eux son triple dard,

Ont, ligués contre sa furie,

Le temple pour même patrie,

La croix pour commun étendard.

### V.

Pourtant, que désormais Madrid taise à l'histoire

Des succès trop long-temps par son orgueil redits,

Et le royal captif que l'ingrate Victoire

    Dans ses murs envoya jadis.

Cadix nous a vengés de l'affront de Pavie.

    A l'ombre d'un héros ravie

    La gloire a rendu tous ses droits ;

Oubliant quel Français a porté ses entraves,

La fière Espagne a vu si les mains de nos braves
  Savent briser les fers des Rois !


Préparez, Castillans, des fêtes solennelles,
Des murs de Sarragosse aux champs d'Almonacid.
Mêlez à nos lauriers vos palmes fraternelles ;
  Chantez Bayard : — chantons le Cid !
Qu'au vieil Escurial le vieux Louvre réponde ;
  Que votre drapeau se confonde
  A nos drapeaux victorieux ;
Que Gadès édifie un autel sur sa plage !
Que de lui-même, aux monts d'où se leva Pélage,
  S'allume un feu mystérieux !


  Pour témoigner de leurs paroles,
  Où sont ces nouveaux Décius ?
  Le brasier attend les Scévoles !
  Le gouffre attend les Curtius !
  Quoi, traînant leurs fronts dans la poudre,
  Tous, de Bourbon qui tient la foudre,

Embrassent les sacrés genoux !... —
Ah ! la victoire est généreuse,
Leur cause inique est malheureuse,
Ils sont vaincus, ils sont absous !


## VI.


Un Bourbon pour punir ne voudrait pas combattre.
Le droit de son triomphe est toujours le pardon.
Pourtant des factions que son bras vient d'abattre,
  Il éteint le dernier brandon.
Oh ! de combien de maux, peuples, il vous délivre !
  Hélas ! à quels forfaits se livre
  Le Monstre, à ses pieds frémissant !
Nous qui l'avons vaincu, nous fûmes sa conquête.
Nous savons, lorsque tombe une royale tête,
  Combien il en coule de sang !


O nos guerriers, venez ! vos mères sont contentes !
Vos bras, terreur du monde, en deviennent l'appui.
Assez on vit crouler de trônes sous vos tentes !

Relevez les Rois aujourd'hui.
Dieu met sur votre char son arche glorieuse ;
  Votre tente victorieuse
  Est son tabernacle immortel ;
Des saintes légions votre étendard dispose ;
Il veut que votre casque à sa droite repose
  Entre les vases de l'autel !

## VII.

  C'en est fait : loin de l'espérance
  Chassant le crime épouvanté,
  Les cieux commettent à la France
  La garde de la Royauté.
  Son génie, éclairant les trames,
  Luit comme la lampe aux sept flammes,
  Cachée aux temples du Jourdain ;
  Gardien des trônes qu'il relève,
  Son glaive est le céleste glaive
  Qui flamboie aux portes d'Éden !

*

Novembre 1823.

A

# L'ARC DE TRIOMPHE

## DE L'ÉTOILE.

*Non deficit alter.*
VIRGILE.

VIII.

## Ode Huitième.

### I.

La France a des palais, des tombeaux, des portiques,
De vieux châteaux, tout pleins de bannières antiques,
Héroïques joyaux, conquis dans les dangers ;
Sa pieuse valeur, prodigue en fiers exemples,
    Pour parer ses superbes temples,
    Dépouille les camps étrangers.

On voit dans ses cités, de monumens peuplées,
Rome et ses dieux, Memphis et ses noirs mausolées ;
Le lion de Venise en leurs murs a dormi ;
Et quand, pour embellir nos vastes Babylones,
        Le bronze manque à ses colonnes,
        Elle en demande à l'ennemi !


Lorsque luit aux combats son armure enflammée,
Son oriflamme auguste et de lis parsemée,
Chasse les escadrons ainsi que des troupeaux ;
Puis elle offre aux vaincus des dons après les guerres,
        Et, comme des hochets vulgaires,
        Y mêle leurs propres drapeaux.


                    II.


Arc triomphal ! la foudre, en terrassant ton maître,
Semblait avoir frappé ton front encore à naître.
Par nos exploits nouveaux te voilà relevé !
Car on n'a pas voulu, dans notre illustre armée,

Qu'il fût de notre renommée
Un monument inachevé !


Dis aux siècles le nom de leur chef magnanime.
Qu'on lise sur ton front que nul laurier sublime
A des glaives français ne peut se dérober.
Lève-toi jusqu'aux cieux, portique de victoire !
    Que le géant de notre gloire
    Puisse passer sans se courber !


&ast;


Novembre 1823.

# LA MORT

DE

# M<sup>LLE</sup> DE SOMBREUIL.

*Sunt lacrymæ rerum.*
VIRGILE.

IX.

## Ode Neuvième.

### I.

LYRE! encore un hommage à la vertu qui t'aime!
Assez tu dérobas des hymnes d'anathême
Au funèbre Isaïe, au triste Ézéchiel!
Pour consoler les morts, pour pleurer les victimes,
    Lyre! il faut de ces chants sublimes
    Dont tous les échos sont au ciel.

Elle aussi, Dieu l'a rappelée!... —
Les cieux nous enviaient Sombreuil;
Ils ont repris leur exilée :
Nous tous, bannis! traînons le deuil.
Répondez, a-t-on vu son ombre
S'évanouir dans la nuit sombre,
Ou fuir vers le jour immortel?
La vit-on monter ou descendre?...
Où déposerons-nous sa cendre?
Est-ce à la tombe? est-ce à l'autel?


Ne pleurez pas, — prions : les saints l'ont réclamée;
Prions : adorez-la, vous qui l'avez aimée!
Elle est avec ses sœurs, anges purs et charmans,
Ces vierges qui, jadis, sur la croix attachées,
Ou, comme au sein des fleurs, sur des brasiers couchées,
S'endormirent dans les tourmens.


Sa vie était un pur mystère
D'innocence et de saints remords;

Cette ame a passé sur la terre
Entre les vivans et les morts.
Souvent, hélas! l'infortunée,
Comme si de sa destinée
La mort eût rompu le lien,
Sentit, avec des terreurs vaines,
Se glacer dans ses pâles veines
Un sang, qui n'était pas le sien!


## II.


O jour! où le trépas perdit son privilége,
Où, rachetant un meurtre au prix d'un sacrilége,
Le sang des morts coula dans son sein virginal!
Entre l'impur breuvage et le fer parricide,
Les bourreaux poursuivaient l'héroïne timide
D'une insulte funèbre et d'un rire infernal!


Son triomphe est dans son supplice.
Elle a, levant ses yeux au ciel,

Bu le sang au même calice
Où Jésus mourant but le fiel.
Oh ! que d'amour dans ce courage !...
Mais, quand périrent dans l'orage
Ses parens, que la France a plaints,
Pour consoler l'auguste fille
Dieu lui confia sa famille
Et de veuves et d'orphelins.


### III.


Car il lui fut donné de survivre au martyre : —
Elle fut sur nos bords, d'où la foi se retire,
Comme un rayon du soir resté sur l'horizon ;
Dieu la marqua d'un signe entre toutes les femmes ;
Et voulut dans son champ, où glanent si peu d'ames,
Laisser cet épi mûr de la sainte moisson.


Elle était heureuse, ici même !
Du bras dont il venge ses droits,

Le Seigneur soutient ceux qu'il aime,
Et les aide à porter la croix.
Il montre, en visions étranges,
A Jacob l'échelle des anges,
A Saül les antres d'Endor ;
Sa main mystérieuse et sainte,
Sait cacher le miel dans l'absynthe,
Et la cendre dans les fruits d'or.


Sa constante équité n'est jamais assoupie :
Le méchant, sous la pourpre où son bonheur s'expie,
Envie un toit de chaume au fidèle abattu ;
Et quand l'impie heureux, bercé sur des abîmes,
    Se crée un enfer de ses crimes,
Le juste en pleurs se fait un ciel de sa vertu.


On dit qu'en dépouillant la vie,
Elle parut la regretter,
Et jeta des regards d'envie
Sur les fers qu'elle allait quitter.

« —O mon Dieu ! retardez mon heure.

» Loin de la vallée où l'on pleure,

» Suis-je digne de m'envoler?

» Ce n'est pas la mort que j'implore,

» Seigneur ; je puis souffrir encore,

» Et je veux encor consoler.


» Je pars : ayez pitié de ceux que j'abandonne ;

» Quel amour leur rendra l'amour que je leur donne?

» Pourquoi du saint bonheur sitôt me couronner?

» Laissez mon ame encor sur leurs maux se répandre ;

» Je n'aurai plus au ciel d'opprimés à défendre,

      » Ni d'oppresseurs à pardonner! »


Il faut donc que le juste meure ! —

En vain, dans ses regrets nommés,

Ont passé devant sa demeure

Tous ses pauvres accoutumés.

Maintenant, ô fils des chaumières,

Payez son aumône en prières ;

Suivez-la d'un pieux adieu,
Orphelins, veuves déplorables,
Vous tous, faibles et misérables,
Images augustes de Dieu!


## IV.


O Dieu! ne reprends pas ceux que ta flamme anime.
Si la vertu s'en va, que deviendra le crime?
Où pourront du méchant se reposer les yeux?
N'enlève pas au monde un espoir salutaire.
    Laisse des justes sur la terre!
N'as-tu donc pas, Seigneur, assez d'anges aux cieux?


\*


Décembre 1823.

# LE
# DERNIER CHANT.

O Muse, qui daignas me soutenir dans une carrière aussi longue
que périlleuse, retourne maintenant aux célestes demeures!.... Adieu,
consolatrice de mes jours, toi qui partageas mes plaisirs,
et bien plus souvent mes douleurs!
CHATEAUBRIAND. *Les Martyrs.*

X.

## Ode Dixième.

Et toi, dépose aussi la lyre !
Qu'importe le dieu qui t'inspire,
A ces mortels vains et grossiers?
On en rit quand ta main l'encense.
Brise donc ce luth sans puissance !
Descends de ee char sans coursiers !

— O! qu'il est saint et pur le transport du poëte,
Quand il voit en espoir, bravant la mort muette,
Du voyage des temps sa gloire revenir !
Sur les âges futurs, de sa hauteur sublime
Il se penche, écoutant son lointain souvenir ;
Et son nom, comme un poids jeté dans un abîme,
Éveille mille échos au fond de l'avenir.

Je n'ai point cette auguste joie.
Les siècles ne sont point ma proie :
La gloire ne dit pas mon rang.
Ma Muse, en l'orage qui gronde,
Est tombée au courant du monde,
Comme un lis aux flots d'un torrent.

Pourtant, ma douce Muse est innocente et belle.
L'astre de Bethléem a des regards pour elle :
J'ai suivi l'humble étoile, aux rois pasteurs pareil.
Le Seigneur m'a donné le don de sa parole,
Car son peuple l'oublie en un lâche sommeil ;

Et, soit que mon luth pleure, ou menace, ou console,
Mes chants volent à Dieu, comme l'aigle au soleil.


    Mon ame à sa source embrasée

    Monte de pensée en pensée ;

    Ainsi du ruisseau précieux

    Où l'Arabe altéré s'abreuve,

    La goutte d'eau passe au grand fleuve,

    Du fleuve aux mers, des mers aux cieux.


Mais, ô fleurs sans parfums, foyers sans étincelles,
Hommes ! l'air parmi vous manque à mes larges ailes.
Votre monde est borné, votre souffle est mortel !
Les lyres sont pour vous comme des voix vulgaires.
Je m'enivre d'absynthe : enivrez-vous de miel.
Bien : — aimez vos amours et combattez vos guerres,
Vous, dont l'œil mort se ferme à tout rayon du ciel !


    Sans éveiller d'écho sonore

J'ai haussé ma voix faible encore ;
Et ma lyre aux fibres d'acier
A passé sur ces ames viles,
Comme sur le pavé des villes
L'ongle résonnant du coursier.


En vain j'ai fait gronder la vengeance éternelle ;
En vain, j'ai, pour fléchir leur ame criminelle,
Fait parler le pardon par la voix des douleurs.
Du haut des cieux tonnans, mon austère pensée,
Sur cette terre ingrate où germent les malheurs,
Tombant, pluie orageuse ou propice rosée,
N'a point flétri l'ivraie et fécondé les fleurs.


Du tombeau tout franchit la porte.
L'homme, hélas ! que le temps emporte,
En vain contre lui se débat.
Rien de Dieu ne trompe l'attente ;
Et la vie est comme une tente
Où l'on dort avant le combat.

Voilà, tristes mortels, ce que leur ame oublie !
L'urne des ans pour tous n'est pas toujours remplie.
Mais qu'ils passent en paix sous le ciel outragé !
Qu'ils jouissent des jours dans leurs frêles demeures !
Quand dans l'éternité leur sort sera plongé,
Les insensés en vain s'attacheront aux heures,
Comme aux débris épars d'un vaisseau submergé.


Adieu donc ce luth qui soupire !
Muse, ici tu n'as plus d'empire,
O Muse, aux concerts immortels !
Fuis la foule qui te contemple ;
Referme les voiles du temple ;
Rends leur ombre aux chastes autels.


Je vous rapporte, ô Dieu, le rameau d'espérance. —
Voici le divin glaive et la céleste lance :
J'ai mal atteint le but où j'étais envoyé.
Souvent, des vents jaloux jouet involontaire,
L'aiglon suspend son vol, à peine déployé ;

Souvent, d'un trait de feu cherchant en vain la terre,
L'éclair remonte au ciel, sans avoir foudroyé !

✳

1823.

# LIVRE TROISIÈME.

## 1824 — 1828.

Le temps qui dérobe à la jeunesse ses années m'en a déjà
ravi vingt-trois sur son aile. Mes jours s'écoulent à longs
flots.... Mais quelle que soit mon intelligence, étendue ou
bornée, précoce ou tardive, elle sera toujours mesurée au
but vers lequel m'entraîne le temps, me guide le ciel; car
j'userai sans cesse de moi-même sous l'œil de celui qui me
donne ma tâche, de mon divin Créateur.

MILTON. *Sonnet.*

A

# M. ALPHONSE DE L.

Or, sachant ces choses,
nous venons enseigner aux hommes la crainte de Dieu.
II COR. V.

I.

# Ode Première.

## I.

Pourtant je m'étais dit : « Abritons mon navire.
Ne livrons plus ma voile au vent qui la déchire.
Cachons ce luth. Mes chants peut-être auraient vécu !...
Soyons comme un soldat qui revient sans murmure
Suspendre à son chevet un vain reste d'armure,
    Et s'endort, vainqueur ou vaincu ! »

Je ne demandais plus à la Muse que j'aime,
Qu'un seul chant pour ma mort, solennel et suprême !
Le Poëte avec joie au tombeau doit s'offrir ;
S'il ne souriait pas au moment où l'on pleure,
　　Chacun lui dirait : « Voici l'heure !
» Pourquoi ne pas chanter, puisque tu vas mourir ? »


C'est que la mort n'est pas ce que la foule en pense !
C'est l'instant où notre ame obtient sa récompense,
Où le fils exilé rentre au sein paternel.
Quand nous penchons près d'elle une oreille inquiète,
La voix du trépassé, que nous croyons muette,
　　A commencé l'hymne éternel !


## II.


Plus tôt que je n'ai dû, je reviens dans la lice ;
Mais tu le veux, ami ! ta muse est ma complice ;
Ton bras m'a réveillé ; c'est toi qui m'as dit : « Va !
» Dans la mêlée encor jetons ensemble un gage.

» De plus en plus elle s'engage.
» Marchons, et confessons le nom de Jéhova! »


J'unis donc à tes chants quelques chants téméraires.
Prends ton luth immortel : nous combattrons en frères
Pour les mêmes autels et les mêmes foyers.
Montés au même char, comme un couple homérique,
Nous tiendrons, pour lutter dans l'arène lyrique,
    Toi la lance, moi les coursiers.


Puis, pour faire une part à la faiblesse humaine,
Je ne sais quelle pente au combat me ramène.
J'ai besoin de revoir ce que j'ai combattu,
De jeter sur l'impie un dernier anathême,
    De te dire, à toi, que je t'aime,
Et de chanter encore un hymne à la vertu !

### III.

Ah! nous ne sommes plus au temps où le Poëte

Parlait au ciel en prêtre, à la terre en prophète !
Que Moïse, Isaïe, apparaisse en nos champs,
Les peuples qu'ils viendront juger, punir, absoudre,
Dans leurs yeux pleins d'éclairs méconnaîtront la foudre
     Qui tonne en éclats dans leurs chants.


Vainement ils iront s'écriant dans les villes :
« Plus de rébellions ! plus de guerres civiles !
» Aux autels du Veau-d'Or pourquoi danser toujours ?
» Dagon va s'écrouler ; Baal va disparaître.
     » Le Seigneur a dit à son prêtre :
» Pour faire pénitence, ils n'ont que peu de jours ! »


» Rois, peuples, couvrez-vous d'un sac souillé de cendre !
» Bientôt sur la nuée un juge doit descendre.
» Vous dormez ! que vos yeux daignent enfin s'ouvrir.
» Tyr appartient aux flots, Gomorrhe à l'incendie.
» Secouez le sommeil de votre ame engourdie,
     » Et réveillez-vous pour mourir !

» Ah ! malheur au puissant qui s'enivre en des fêtes,

» Riant de l'opprimé qui pleure, et des prophètes !

» Ainsi que Balthazar ignorant ses malheurs,

» Il ne voit pas, aux murs de la salle bruyante,

  » Les mots qu'une main flamboyante

» Trace en lettres de feu parmi les nœuds de fleurs !


» Il sera rejeté comme ce noir Génie,

» Effrayant par sa gloire et par son agonie,

» Qui tomba jeune encor, dont ce siècle est rempli.

» Pourtant Napoléon du monde était le faîte.

» Ses pieds éperonnés des rois pliaient la tête,

  » Et leur tête gardait le pli.


» Malheur donc ! — Malheur même au mendiant qui frappe,

» Hypocrite et jaloux, aux portes du satrape !

» A l'esclave en ses fers ! au maître en son château !

» A qui, voyant marcher l'innocent aux supplices,

  » Entre deux meurtriers complices,

» N'étend point sous ses pas son plus riche manteau !

» Malheur à qui dira : « Ma mère est adultère ! »
» A qui voile un cœur vil sous un langage austère !
» A qui change en blasphême un serment effacé !
» Au flatteur médisant, reptile à deux visages !
» A qui s'annoncera sage entre tous les sages !
  » Oui, malheur à cet insensé !


» Peuples, vous ignorez le Dieu qui vous fit naître ?
» Et pourtant vos regards le peuvent reconnaître
» Dans vos biens, dans vos maux, à toute heure, en tout lieu !
» Un Dieu compte vos jours, un Dieu règne en vos fêtes.
  » Lorsqu'un chef vous mène aux conquêtes,
» Le bras qui vous entraîne est poussé par un Dieu !


» A sa voix, en vos temps de folie et de crime,
» Les Révolutions ont ouvert leur abîme.
» Les justes ont versé tout leur sang précieux ;
» Et les peuples, troupeau qui dormait sous le glaive,
» Ont vu, comme Jacob, dans un étrange rêve,
  » Des anges remonter aux cieux !

» Frémissez donc ! Bientôt, annonçant sa venue,

» Le clairon de l'Archange entr'ouvrira la nue.

» Jour d'éternels tourmens ! jour d'éternel bonheur !

» Resplendissant d'éclairs, de rayons, d'auréoles,

     » Dieu vous montrera vos idoles,

» Et vous demandera : « Qui donc est le Seigneur? »


» La trompette, sept fois sonnant dans les nuées,

» Poussera jusqu'à lui, pâles, exténuées,

» Les races à grands flots se heurtant dans la nuit ;

» Jésus appellera sa mère virginale ;

» Et la porte céleste, et la porte infernale

     » S'ouvriront ensemble avec bruit !


» Dieu vous dénombrera d'une voix solennelle.

» Les rois se courberont sous le vent de son aile.

» Chacun lui portera son espoir, ses remords.

» Sous les mers, sur les monts, au fond des catacombes,

     » A travers le marbre des tombes,

» Son souffle remûra la poussière des morts !

» O siècle! arrache-toi de tes pensers frivoles.

» L'air va bientôt manquer dans l'espace où tu voles!

» Mortels! gloire, plaisirs, biens, tout est vanité!

» A quoi pensez-vous donc, vous qui dans vos demeures

» Voulez voir en riant entrer toutes les heures?...

 » L'Éternité! l'Éternité! »


IV.


Nos sages répondront : — « Que nous veulent ces hommes?

» Ils ne sont pas du monde et du temps dont nous sommes.

» Ces poëtes sont-ils nés au sacré vallon?

» Où donc est leur Olympe? où donc est leur Parnasse?

 » Quel est leur Dieu qui nous menace?

» A-t-il le char de Mars? A-t-il l'arc d'Apollon?


» S'ils veulent emboucher le clairon de Pindare,

» N'ont-ils pas Hiéron, la fille de Tyndare,

» Castor, Pollux, l'Élide et les Jeux des vieux temps,

» L'arène où l'encens roule en longs flots de fumée,

» La roue aux rayons d'or, de clous d'airain semée,
      » Et les quadriges éclatans?


» Pourquoi nous effrayer de clartés symboliques?
» Nous aimons qu'on nous charme en des chants bucoliques,
» Qu'on y fasse lutter Ménalque et Palémon.
» Pour dire l'avenir à notre ame débile,
      » On a l'écumante Sibylle,
» Que bat à coups pressés l'aile d'un noir démon.


» Pourquoi dans nos plaisirs nous suivre comme une ombre?
» Pourquoi nous dévoiler dans sa nudité sombre
» L'affreux sépulcre, ouvert devant nos pas tremblans?
» Anacréon, chargé du poids des ans moroses,
» Pour songer à la mort se comparait aux roses,
      » Qui mouraient sur ses cheveux blancs.


» Virgile n'a jamais laissé fuir de sa lyre
» Des vers qu'à Lycoris son Gallus ne pût lire.

» Toujours l'hymne d'Horace au sein des ris est né ;
» Jamais il n'a versé de larmes immortelles :
　　» La poussière des cascatelles
» Seule a mouillé son luth de myrtes couronné ! »


V.


Voilà de quels dédains leurs ames satisfaites
Accueilleraient, ami, Dieu même et ses prophètes !
Et puis, tu les verrais, vainement irrité,
Continuer, joyeux, quelque festin folâtre,
Ou pour dormir aux sons d'une lyre idolâtre
　　Se tourner de l'autre côté.


Mais qu'importe? accomplis ta mission sacrée.
Chante, juge, bénis ; ta bouche est inspirée !
Le Seigneur en passant t'a touché de sa main ;
Et pareil au rocher qu'avait frappé Moïse,
　　Pour la foule au désert assise,
La poésie en flots s'échappe de ton sein !

Moi, fussé-je vaincu, j'aimerai ta victoire.
Tu le sais, pour mon cœur, ami de toute gloire,
Les triomphes d'autrui ne sont pas un affront.
Poëte, j'eus toujours un chant pour les poëtes ;
Et jamais le laurier qui pare d'autres têtes,
        Ne jeta d'ombre sur mon front !


Souris même à l'envie amère et discordante.
Elle outrageait Homère ; elle attaquait le Dante.
Sous l'arche triomphale elle insulte au guerrier.
Il faut bien que ton nom dans ses cris retentisse ;
        Le temps amène la justice :
Laisse tomber l'orage et grandir ton laurier !


## VI.


Telle est la majesté de tes concerts suprêmes,
Que tu sembles savoir comment les anges mêmes
Sur les harpes du ciel laissent errer leurs doigts !

On dirait que Dieu même, inspirant ton audace,
Parfois dans le désert t'apparaît face à face,
    Et qu'il te parle avec la voix !

✻

Octobre 1825.

A

# M. DE CHATEAUBRIAND.

On ne tourmente pas les arbres stériles et desséchés;
ceux-là seulement sont battus de pierres dont le front
est couronné de fruits d'or.

ABENHAMED.

## II.

T. I. 4e ÉDIT.                                        15

## Ode Deuxième.

### I.

Il est, Châteaubriand, de glorieux navires
Qui veulent l'ouragan plutôt que les zéphires.
Il est des astres, rois des cieux étincelans,
Mondes volcans jetés parmi les autres mondes,
    Qui volent dans les nuits profondes
Le front paré des feux qui dévorent leurs flancs.

15*

Le Génie a partout des symboles sublimes.
Ses plus chers favoris sont toujours des victimes,
Et doivent aux revers l'éclat que nous aimons ;
Une vie éminente est sujette aux orages ;
La foudre a des éclats, le ciel a des nuages
    Qui ne s'arrêtent qu'aux grands monts!


Oui, tout grand cœur a droit aux grandes infortunes :
Aux ames que le sort sauve des lois communes,
C'est un tribut d'honneur par la terre payé.
Le grand homme en souffrant s'élève au rang des justes.
    La gloire en ses trésors augustes,
N'a rien qui soit plus beau qu'un laurier foudroyé !


## II.


Aussi dans une cour, dis-moi, qu'allais-tu faire?
N'es-tu pas, noble enfant d'une orageuse sphère,
Que nul malheur n'étonne et ne trouve en défaut,
De ces amis des rois, rares dans les tempêtes,

Qui, ne sachant flatter qu'au péril de leurs têtes,
    Les courtisent sur l'échafaud ?


Ce n'est pas lorsqu'un trône a retrouvé le faîte,
Ce n'est pas dans les temps de puissance et de fête,
Que la faveur des cours sur de tels fronts descend.
Il faut l'onde en courroux, l'écueil et la nuit sombre,
    Pour que le pilote qui sombre
Jette au phare sauveur un œil reconnaissant.


Va, c'est en vain déjà qu'aux jours de la conquête,
Une main de géant a pesé sur ta tête ;
Et chaque fois qu'au gouffre entraînée à grands pas,
La tremblante patrie errait au gré du crime,
Elle eut pour s'appuyer au penchant de l'abîme
    Ton front qui ne se courbe pas !

### III.

A ton tour soutenu par la France unanime,

Laisse donc s'accomplir ton destin magnanime !
Chacun de tes revers pour ta gloire est compté.
Quand le sort t'a frappé, tu lui dois rendre grâce,
　　Toi qu'on voit à chaque disgrâce
Tomber plus haut encor que tu n'étais monté !

※

Juin 1824.

# LES FUNÉRAILLES
# DE LOUIS XVIII.

Ces changemens lui sont peu difficiles;
c'est l'œuvre de la droite du Très-Haut.

PS. LXXVI, 10.

III.

## Ode Troisième.

### I.

La foule, au seuil d'un temple en priant est venue.
Mères, enfans, vieillards, gémissent réunis ;
Et l'airain qu'on balance ébranle dans la nue
    Les hauts clochers de Saint-Denis.
Le sépulcre est troublé dans ses mornes ténèbres.
    La Mort, de ses couches funèbres,
    Resserre les rangs incomplets.
Silence au noir séjour que le trépas protége ! —
Le Roi Chrétien, suivi de son dernier cortége,
    Entre dans son dernier palais.

II.

Un autre avait dit : « De ma race
» Ce grand tombeau sera le port ;
» Je veux, aux rois que je remplace,
» Succéder jusque dans la mort.
» Ma dépouille ici doit descendre !
» C'est pour faire place à ma cendre
» Qu'on dépeupla ces noirs caveaux.
» Il faut un nouveau maître au monde :
» A ce sépulcre, que je fonde,
» Il faut des ossemens nouveaux.


» Je promets ma poussière à ces voûtes funestes.
» A cet insigne honneur ce temple a seul des droits ;
» Car je veux que le ver qui rongera mes restes
    » Ait déjà dévoré des rois.
» Et lorsque mes neveux, dans leur fortune altière,
        » Domineront l'Europe entière,
        » Du Kremlin à l'Escurial,

» Ils viendront tour à tour dormir dans ces lieux sombres,

» Afin que je sommeille, escorté de leurs ombres,

    » Dans mon linceul impérial ! »


    Celui qui disait ces paroles,

    Croyait, soldat audacieux,

    Voir, en magnifiques symboles,

    Sa destinée écrite aux cieux.

    Dans ses étreintes foudroyantes,

    Son aigle, aux serres flamboyantes,

    Eût étouffé l'aigle romain ;

    La Victoire était sa compagne ;

    Et le Globe de Charlemagne

    Était trop léger pour sa main.


Eh bien ! des potentats ce formidable maître

Dans l'espoir de sa mort par le ciel fut trompé.

De ses ambitions c'est la seule peut-être

    Dont le but lui soit échappé.

En vain tout secondait sa marche meurtrière ;

En vain sa gloire incendiaire,

En tous lieux portait son flambeau ;

Tout chargé de faisceaux, de sceptres, de couronnes,

Ce vaste ravisseur d'empires et de trônes

Ne put usurper un tombeau !


Tombé sous la main qui châtie,

L'Europe le fit prisonnier.

Premier roi de sa dynastie,

Il en fut aussi le dernier.

Une île où grondent les tempêtes,

Reçut ce géant des conquêtes,

Tyran que nul n'osait juger,

Vieux guerrier qui, dans sa misère,

Dut l'obole de Bélisaire

A la pitié de l'étranger.


Loin du sacré tombeau qu'il s'arrangeait naguère,

C'est là que, dépouillé du royal appareil,

Il dort enveloppé de son manteau de guerre,

Sans compagnon de son sommeil.
Et tandis qu'il n'a plus de l'empire du monde
　　Qu'un noir rocher battu de l'onde,
　　Qu'un vieux saule battu du vent,
Un Roi long-temps banni, qui fit nos jours prospères,
Descend au lit de mort où reposaient ses pères,
　　Sous la garde du Dieu vivant.


### III.


C'est qu'au gré de l'humble qui prie,
Le Seigneur, qui donne et reprend,
Rend à l'Exilé sa patrie,
Livre à l'exil le Conquérant !
Dieu voulait qu'il mourût en France,
Ce Roi, si grand dans la souffrance,
Qui des douleurs portait le sceau ;
Pour que, victime consolée,
Du seuil noir de son mausolée,
Il pût voir encor son berceau.

## IV.

Oh ! qu'il s'endorme en paix dans la nuit funéraire !
N'a-t-il pas oublié ses maux pour nos malheurs ?
Ne nous lègue-t-il pas à son généreux frère,
　　Qui pleure en essuyant nos pleurs ?
N'a-t-il pas, dissipant nos rêves politiques,
　　De notre âge et des temps antiques,
　　Proclamé l'auguste traité ?
Loi sage qui, domptant la fougue populaire,
Donne aux sujets égaux un maître tutélaire,
　　Esclave de leur liberté !


　　Sur nous un Roi Chevalier veille.
　　Qu'il conserve l'aspect des cieux !
　　Que nul bruit de long-temps n'éveille
　　Ce sépulcre silencieux !
　　Hélas ! le démon régicide,
　　Qui, du sang des Bourbons avide,
　　Paya de meurtres leurs bienfaits,

A comblé d'assez de victimes
Ces murs, dépeuplés par des crimes,
Et repeuplés par des forfaits !


Qu'il sache que jamais la couronne ne tombe !
Ce haut sommet échappe à son fatal niveau.
Le supplice, où des rois le corps mortel succombe,
        N'est pour eux qu'un sacre nouveau.
Louis, chargé de fers par des mains déloyales,
        Dépouillé des pompes royales,
        Sans cour, sans guerriers, sans hérauts ;
Gardant sa royauté devant la hache même,
Jusque sur l'échafaud prouva son droit suprême,
        En faisant grâce à ses bourreaux !


V.


De Saint-Denis, de Sainte-Hélène,
Ainsi je méditais le sort,
Sondant d'une vue incertaine

Ces grands mystères de la mort.
Qui donc êtes-vous, Dieu superbe?
Quel bras jette les tours sous l'herbe,
Change la pourpre en vil lambeau?
D'où vient votre souffle terrible,
Et quelle est la main invisible
Qui garde les clefs du tombeau?

\*

Septembre 1824.

# LE
# SACRE DE CHARLES X..

*Os superbum conticescat,*
*Simplex fides acquiescat*
*Dei magisterio.*

Que l'orgueil se taise,
que la simple foi contemple l'exercice du pouvoir de Dieu.
PROSE. — *Prières du Sacre.*

## IV.

# Ode Quatrième.

## I.

L'ORGUEIL depuis trente ans est l'erreur de la terre.
C'est lui qui sous les droits étouffa le devoir;
C'est lui qui dépouilla de son divin mystère
    Le sanctuaire du pouvoir.
L'orgueil enfanta seul nos fureurs téméraires,
    Et ces lois dont tant de nos frères
    Ont subi l'arrêt criminel,
Et ces règnes sanglans, et ces hideuses fêtes,
Où, sur un échafaud se proclamant prophêtes,
    Des bourreaux créaient l'Éternel !

En vain, pour dissiper cette ingrate folie,

Les leçons du Seigneur sur nous ont éclaté ;

Dans les faits merveilleux que notre siècle oublie,

    En vain Dieu s'est manifesté !

En vain un Conquérant, aux ailes enflammées,

    A rempli du bruit des armées

    Le monde en ses fers engourdi ;

Des peuples obstinés l'aveuglement vulgaire

N'a point vu quelle main poussait ses chars de guerre

    Du Septentrion au Midi !


## II.


Qui jamais de Clovis surpassa l'insolence,

Peuples ? dans son orgueil il plaçait son appui.

Ne mettant que le monde et lui dans la balance,

    Il crut qu'elle penchait sous lui.

Il bravait de vingt rois les armes épuisées ;

    Des nations s'étaient brisées

    Sur ce Sicambre audacieux ;

Sur la terre à ses yeux rien n'était redoutable :

Il fallut, pour courber cette tête indomptable,
    Qu'une colombe vînt des cieux !


Peuples ! au même autel elle est redescendue !
Elle vient, échappée aux profanations,
Comme elle a de Clovis fléchi l'ame éperdue,
    Vaincre l'orgueil des nations.
Que le siècle à son tour comme un Roi s'humilie.
    De la voix qui réconcilie,
    L'oracle est enfin entendu ;
La Royauté, long-temps veuve de ses couronnes,
De la chaîne d'airain qui lie au ciel les trônes,
    A retrouvé l'anneau perdu.


### III.


Naguère on avait vu les tyrans populaires,
Attaquant le passé comme un vieil ennemi,
Poursuivre, sous l'abri des marbres séculaires,
    Le trésor gardé par Remy.

Du pontife endormi profanant le front pâle,
De sa tunique épiscopale
Ils déchirèrent les lambeaux ;
Car ils bravaient la Mort dans sa majesté sainte ;
Et les vieillards souvent s'écriaient pleins de crainte :
« Que leur ont donc fait les tombeaux ? »


Mais trompant des vautours la fureur criminelle,
Dieu garda sa colombe au lis abandonné.
Elle va sur un Roi poser encor son aile :
Ce bonheur à Charle est donné !
Charles sera sacré suivant l'ancien usage,
Comme Salomon, le roi sage,
Qui goûta les célestes mets,
Quand Sadoch et Nathan d'un baume l'arrosèrent,
Et, s'approchant de lui, sur le front le baisèrent,
En disant : « Qu'il vive à jamais ! »


IV.


Le vieux pays des Francs, parmi ses métropoles,

Compte une église illustre, où venaient tous nos rois,
De ce pas triomphant dont tremblent les deux pôles,
　　S'humilier devant la Croix.
Le peuple en racontait cent prodiges antiques :
　　Ce temple a des voûtes gothiques,
　　Dont les saints aimaient les détours ;
Un séraphin veillait à ses portes fermées ;
Et les anges du ciel, quand passaient leurs armées,
　　Plantaient leurs drapeaux sur ses tours !


C'est là que pour la fête on dresse des trophées.
L'or, la moire et l'azur parent les noirs piliers
Comme un de ces palais où voltigeaient les fées,
　　Dans les rêves des chevaliers.
D'un trône et d'un autel les splendeurs s'y répondent ;
　　Des festons de flambeaux confondent
　　Leurs rayons purs dans le saint lieu ;
Le lis royal s'enlace aux arches tutélaires ;
Le soleil, à travers les vitraux circulaires,
　　Mêle aux fleurs des roses de feu.

## V.

Voici que le cortége à pas égaux s'avance.
Le pontife aux guerriers demande CHARLES-DIX.
L'autel de Reims revoit l'Oriflamme de France,
 Retrouvée aux murs de Cadix.
Les cloches dans les airs tonnent ; le canon gronde ;
 Devant l'Aîné des rois du monde
 Tout un peuple tombe à genoux ;
Mille cris de triomphe en sons confus se brisent ;
Puis le Roi se prosterne, et les évêques disent :
 — « Seigneur, ayez pitié de nous !


» Celui qui vient en pompe à l'autel du Dieu juste,
» C'est l'héritier nouveau du vieux droit de Clovis,
» Le chef des Douze Pairs, que son appel auguste
 » Convoque en ces sacrés parvis.
» Ses preux, quand de sa voix leur oreille est frappée,
 » Touchent le pommeau de l'épée,
 » Et l'ennemi pâlit d'effroi ;

» Lorsque ses légions rentrent après la guerre,

» Leur marche pacifique ébranle encor la terre : —

   » O Dieu! prenez pitié du Roi!


» Car vous êtes plus grand que la grandeur des hommes!

» Nous vous louons, Seigneur, nous vous confessons Dieu!

» Vous nous placez au faîte, et dès que nous y sommes,

   » A la vie il faut dire adieu!

» Vous êtes Sabaoth, le Dieu de la victoire!

   » Les Chérubins, remplis de gloire,

   » Vous ont proclamé Saint trois fois;

» Dans votre éternité le temps se précipite;

» Vous tenez dans vos mains le monde qui palpite

   » Comme un passereau sous nos doigts! »


VI.


Le Roi dit : « Nous jurons, comme ont juré nos pères,

» De rendre à nos sujets paix, amour, équité;

» D'aimer, aux mauvais jours comme en des temps prospères,

» La Charte de leur liberté.

» Nous vivrons dans la foi par nos aïeux chérie.

» Des Ordres de chevalerie

» Nous suivrons le chemin étroit.

» Pour sauver l'opprimé nos pas seront agiles.

» Ainsi nous le jurons sur les saints Évangiles :

» Que Dieu soit en aide au bon droit ! »


Montjoye et Saint-Denis ! — Voilà que Clovis même

Se lève pour l'entendre, et les deux saints guerriers,

Charlemagne et Louis, portant pour diadême

Une auréole de lauriers ;

Et Charles Sept, guidé par Jeanne encor ravie ;

Et François Premier, dont Pavie

Trouva l'armure sans défaut ;

Et du dernier Martyr l'héroïque fantôme,

Ce Roi, deux fois sacré pour un double royaume,

A l'autel et sur l'échafaud !


Devant ces grands témoins de la grandeur française,

Le Saint-Chrême de Charle a rajeuni les droits.

Il reçoit, sans faiblir, cette Couronne où pèse

    La gloire de soixante rois.

L'Archevêque bénit l'Épée héréditaire,

    Et le Sceptre, et la Main austère

    Dont nul signe n'est démenti ;

Puis il plonge à leur tour dans le divin calice

Ces Gants, qu'un roi jamais n'a jetés dans la lice,

    Sans qu'un monde en ait retenti !


## VII.


Entre, ô peuple ! — Sonnez, clairons, tambours, fanfare !

Le prince est sur le trône ; il est grand et sacré !

Sur la foule ondoyante il brille comme un phare

    Des flots d'une mer entouré.

Mille chantres des airs, du peuple heureuse image,

    Mêlant leur voix et leur plumage,

    Croisent leur vol sous les arceaux ;

Car les Francs, nos aïeux, croyaient voir dans la nue,

Planer la Liberté, leur mère bien connue,
　　Sur l'aile errante des oiseaux.


Le voilà Prêtre et Roi ! — De ce titre sublime
Puisque le double éclat sur sa couronne a lui,
Il faut qu'il sacrifie : où donc est la Victime ? —
　　La Victime, c'est encor lui !
Ah ! pour les Rois français qu'un sceptre est formidable !
　　Ils guident ce peuple indomptable,
　　Qui des peuples règle l'essor ;
Le monde entier gravite et penche sur leur trône ;
Mais aussi l'indigent que cherche leur aumône,
　　Compte leurs jours comme un trésor !

## VIII.

### PRIÈRE.

O Dieu ! garde à jamais ce Roi qu'un peuple adore !
Romps de ses ennemis les flèches et les dards,
Qu'ils viennent du couchant, qu'ils viennent de l'aurore,
    Sur des coursiers ou sur des chars !
Charles, comme au Sina, t'a pu voir face à face !
    Du moins qu'un long bonheur efface
    Ses bien longues adversités.
Qu'ici-bas des élus il ait l'habit de fête.
Prête à son front royal deux rayons de ta tête ;
    Mets deux anges à ses côtés !

\*

Reims , mai — juin 1825.

AU COLONEL

# G.-A. GUSTAFFSON.

*Habet sua sidera tellus.*
Ancienne devise.

V.

## Ode Cinquième.

### I.

Ce Siècle, jeune encore, est déjà pour l'histoire
Presque une éternité de malheurs et de gloire.
Tous ceux qu'il a vus naître ont vieilli dans vingt ans.
Il semble, tant sa place est vaste en leur mémoire,
Qu'il ne peut achever ses destins éclatans,
Sans fermer avec lui le grand cercle des temps.

Chez des peuples fameux, en des jours qu'on renomme,
Pour un siècle de gloire il suffisait d'un homme.
Le nôtre a déjà vu passer bien des flambeaux !
Il peut lutter sans crainte avec Athène et Rome :
Que lui fait la grandeur des âges les plus beaux?
Il les domine tous, rien que par ses tombeaux !


A peine il était né, que d'Enghien sur la poudre
Mourut, sous un arrêt que rien ne peut absoudre.
Il vit périr Moreau ; Byron, nouveau Rhiga.
Il vit des cieux vengés tomber avec sa foudre
Cet aigle dont le vol douze ans se fatigua
Du Caire au Capitole et du Tage au Volga !


« — Qu'importe? dit la foule. Ah! laissons les tempêtes
» Naître, grossir, tonner sur ces sublimes têtes ;
» Pourvu que chaque jour amène son festin,
» Que toujours le soleil rayonne pour nos fêtes,
» Et qu'on nous laisse en paix couler notre destin,
» Oublier jusqu'au soir, dormir jusqu'au matin !

» Que le crime s'élève et que l'innocent tombe,

» Qu'importe? — Des héros sont morts? paix à leur tombe !

» — Et nous-mêmes?.. Qui sait si demain nous vivrons?

» Quand nous aurons atteint le terme où tout succombe,

» Nous dirons : le temps passe ! et nous ignorerons

» Quels vents ont amené l'orage sur nos fronts. »


## II.

Ce ne sont point là tes paroles,

Toi dont nul n'a jamais douté,

Toi qui sans relâche t'immoles

Au culte de la Vérité !

Victime et vengeur des victimes,

Ton cœur aux dévoûmens sublimes

S'offrit en tout temps, en tout lieu ;

Toute ta vie est un exemple ;

Et ta grande ame est comme un temple

D'où ne sort que la voix d'un Dieu !


Il suffit de ton témoignage,

Pour que tout mortel incliné
Aille rendre un public hommage
A ce qu'il avait profané.
Ta bouche, pareille au temps même,
N'a besoin que d'un mot suprême
Pour récompenser ou punir ;
Et parlant plus haut dans notre âge
Que la flatterie et l'outrage,
Dicte l'histoire à l'avenir !


Puisqu'il n'est plus d'autres miracles
Que les hommes nés parmi nous,
Tu succèdes aux vieux oracles
Que l'on écoutait à genoux.
A ta voix, qui juge les races,
Nos demi-dieux changent de places ;
Comme, à des chants mystérieux,
Quand la nuit déroulait ses voiles,
Jadis on voyait les étoiles
Descendre ou monter dans les cieux !

Pour mériter ce rang auguste,
Aux vertus par le ciel offert,
Qui plus que lui fut noble et juste ?
Et qui, surtout, a plus souffert ?
Cet homme a payé tant de gloire
Par des malheurs que la mémoire
Ne peut rappeler sans effroi ;
C'est un enfant des Scandinaves ;
C'est Gustave, fils des Gustaves ;
C'est un exilé ; c'est un roi.

### III.

Il avait un ami dans ses fraîches années
Comme lui tout empreint du sceau des destinées.
C'est ce jeune d'Enghien qui fut assassiné !
Gustave à ce forfait se jeta sur ses armes ;
Mais quand il vit l'Europe insensible à ses larmes,
Calme et stoïque, il dit : « Pourquoi donc suis-je né ?


» Puisque du meurtrier les nations vassales

» Courbent leurs fronts tremblans sous ses mains colossales ;
» Puisque sa volonté des princes est la loi ;
» Puisqu'il est le soleil qui domine leur sphère ;
» Sur un trône aujourd'hui je n'ai plus rien à faire,
    » Moi qui voudrais régner en roi ! »


Il céda. — Dieu montrait, par cet exemple insigne,
Qu'il refuse parfois la victoire au plus digne ;
Que plus tard, pour punir, il apparaît soudain ;
Qu'il fait seul ici-bas tomber ce qu'il élève ;
Et que pour balancer Bonaparte et son glaive,
Il fallait déjà plus que le sceptre d'Odin !


Gustave, jeune encor, quitta le diadême,
Pour que rien ne manquât à sa grandeur suprême.
Et tant que de l'Europe, en proie aux longs revers,
Sous les pas du géant vacilla l'équilibre,
Plus haut que tous les rois il leva son front libre,
    Échappé du trône et des fers !

## IV.

Combien d'un tel exil diffère
Le malheur du tyran banni,
Lorsqu'au fond de l'autre hémisphère,
Il tomba confus et puni !
Quand sous la haine universelle
L'Usurpateur enfin chancelle,
Dans sa chute il est insulté :
En vain il lutte opiniâtre ;
Et de sa pourpre de théâtre
Rien ne reste à sa nudité !


Sa morne infortune est pareille
A la mer aux bords détestés,
Dont l'eau morte à jamais sommeille
Sur de fastueuses cités.
Ce lac, noir vengeur de leurs crimes,
Du ciel, qui maudit ses abîmes,
Ne peut réfléchir les tableaux ;

Et l'œil cherche en vain quelque dôme
De l'éblouissante Sodome,
Sous les ténèbres de ses flots.


Gustave ! ame forte et loyale !
Si parfois, d'un bras raffermi,
Tu reprends ta robe royale,
C'est pour couvrir quelque ennemi.
Dans ta retraite que j'envie,
Tu portes sur ta noble vie
Un souvenir calme et sans fiel ;
Reine, comme toi, sans asile,
La Vertu que la terre exile,
Dans ton grand cœur retrouve un ciel !


V.


Ah ! laisse croître l'herbe en tes cours solitaires !
Que t'importe, au milieu de tes pensers austères,
Qu'on n'ose de nos jours saluer un héros ;

Et que chez d'autres rois puissans, heureux encore,
Une foule de chars ébranlent dès l'aurore
Les grands pavés de marbre et l'azur des vitraux ?


Tu règnes cependant ! tu règnes sur toute ame
Dont ce siècle glacé n'a pas éteint la flamme ;
Sur tout cœur né pour croire, aimer et secourir ;
Sur tous ces chevaliers que tant d'oubli protége,
Étranges courtisans dont le rare cortége
N'accourt au seuil des rois qu'à l'heure d'y mourir !


En tous lieux où la foi, l'honneur et le génie
Rendent un libre hommage à la vertu bannie,
Ton nom règne, entouré d'un éclat immortel.
Par un beau dévoûment toute vie animée,
Toute gloire nouvelle, en notre âge allumée,
Est un flambeau de plus brûlant sur ton autel !


Ni maître ! ni sujet ! — Seul homme sur la terre,

Qui d'un pouvoir humain ne sois pas tributaire,
Dieu seul sur tes destins a de suprêmes droits ;
Et comme la comète, aux clartés vagabondes,
Marche libre à travers les soleils et les mondes,
Tu passes à côté des peuples et des rois !

\*

Septembre 1825.

# LES DEUX ILES.

Dites-moi d'où il est venu, je vous dirai où il est allé.

E. H.

VI.

## Ode Sixième.

### I.

Il est deux Iles dont un monde
Sépare les deux Océans,
Et qui de loin dominent l'onde,
Comme des têtes de géans.
On devine, en voyant leurs cimes,
Que Dieu les tira des abîmes
Pour un formidable dessein;
Leur front de coups de foudre fume,
Sur leurs flancs nus la mer écume,
Des volcans grondent dans leur sein.

Ces Iles où le flot se broie
Entre des écueils décharnés,
Sont comme deux vaisseaux de proie,
D'une ancre éternelle enchaînés.
La main qui de ces noirs rivages
Disposa les sites sauvages,
Et d'effroi les voulut couvrir,
Les fit si terribles peut-être,
Pour que Buonaparte y pût naître,
Et Napoléon y mourir!


« — Là fut son berceau! — Là sa tombe! »
Pour les siècles c'en est assez.
Ces mots, qu'un monde naisse ou tombe,
Ne seront jamais effacés.
Sur ces Iles, à l'aspect sombre,
Viendront, à l'appel de son ombre,
Tous les peuples de l'avenir;
Les foudres qui frappent leurs crêtes,
Et leurs écueils, et leurs tempêtes,
Ne sont plus que son souvenir!

Loin de nos rives, ébranlées
Par les orages de son sort,
Sur ces deux Îles isolées
Dieu mit sa naissance et sa mort ;
Afin qu'il pût venir au monde
Sans qu'une secousse profonde
Annonçât son premier moment ;
Et que sur son lit militaire,
Enfin, sans remuer la terre,
Il pût expirer doucement !

## II.

Comme il était rêveur au matin de son âge !
Comme il était pensif au terme du voyage !
C'est qu'il avait joui de son rêve insensé ;
Du trône et de la gloire il savait le mensonge ;
Il avait vu de près ce que c'est qu'un tel songe,
Et quel est le néant d'un avenir passé !

Enfant, des visions, dans la Corse, sa mère,

Lui révélaient déjà sa couronne éphémère,
Et l'aigle impérial planant sur son pavois ;
Il entendait d'avance, en sa superbe attente,
L'hymne qu'en toute langue, aux portes de sa tente,
Son peuple universel chantait tout d'une voix :

### III.

ACCLAMATION.

« Gloire à Napoléon ! gloire au maître suprême !
» Dieu même a sur son front posé le diadême.
» Du Nil au Borysthène il règne triomphant.
» Les rois, fils de cent rois, s'inclinent quand il passe,
     » Et dans Rome il ne voit d'espace
     » Que pour le trône d'un enfant !

» Pour porter son tonnerre aux villes effrayées,
» Ses aigles ont toujours les ailes déployées.
» Il régit le Conclave ; il commande au Divan.

» Il mêle à ses drapeaux de sang toujours humides,

    » Des croissans pris aux Pyramides,

    » Et la croix d'or du grand Yvan !


» Le Mamelouk bronzé, le Goth plein de vaillance,

» Le Polonais, qui porte une flamme à sa lance,

» Prêtent leur force aveugle à ses ambitions.

» Ils ont son vœu pour loi, pour foi sa renommée.

    » On voit marcher dans son armée

    » Tout un peuple de nations !


» Sa main, s'il touche un but où son orgueil aspire,

» Fait à quelque soldat l'aumône d'un empire,

» Ou fait veiller des rois au seuil de son palais,

» Pour qu'il puisse, en quittant les combats ou les fêtes,

    » Dormir en paix dans ses conquêtes,

    » Comme un pêcheur sur ses filets !


» Il a bâti si haut son aire impériale,

» Qu'il nous semble habiter cette sphère idéale

» Où jamais on n'entend un orage éclater !

» Ce n'est plus qu'à ses pieds que gronde la tempête ;

     » Il faudrait, pour frapper sa tête,

     » Que la foudre pût remonter ! »

## IV.

La foudre remonta ! — Renversé de son aire,

Il tomba, tout fumant de cent coups de tonnerre.

     Les rois punirent leur tyran.

On l'exposa vivant sur un roc solitaire ;

Et le géant captif fut remis par la terre

     A la garde de l'Océan.

Oh ! comme à Sainte-Hélène il dédaignait sa vie,

Quand le soir il voyait, avec un œil d'envie,

     Le soleil fuir sous l'horizon ;

Et qu'il s'égarait seul sur le sable des grèves,

Jusqu'à ce qu'un Anglais, l'arrachant de ses rêves,

     Le ramenât dans sa prison !

Comme avec désespoir ce prince de la guerre
S'entendait accuser par tous ceux qui naguère
  Divinisaient son bras vainqueur !
Car des peuples ligués la clameur solennelle
Répondait à la voix implacable, éternelle,
  Qui se lamentait dans son cœur !


## V.


### IMPRÉCATION.


« Honte ! opprobre ! malheur ! anathème ! vengeance !
» Que la terre et les cieux frappent d'intelligence !
» Enfin nous avons vu le colosse crouler !
» Que puissent retomber, sur ses jours, sur sa cendre,
  » Tous les pleurs qu'il a fait répandre,
  » Tout le sang qu'il a fait couler !


» Qu'à son nom, du Volga, du Tibre, de la Seine,
» Des murs de l'Alhambra, des fossés de Vincenne,
» De Jaffa, du Kremlin qu'il brûla sans remords,

18*

» Des plaines du carnage et des champs de victoire,

» Tonne, comme un écho de sa fatale gloire,

    » La malédiction des morts !


» Qu'il voie autour de lui se presser ses victimes !

» Que tout ce peuple, en foule échappé des abîmes,

» Innombrable, annonçant les secrets du cercueil,

» Mutilé par le fer, sillonné par la foudre,

» Heurtant confusément des os noircis de poudre,

» Lui fasse un Josaphat de Sainte-Hélène en deuil !


» Qu'il vive pour mourir tous les jours, à toute heure !

» Que le fier conquérant baisse les yeux et pleure !

» Sachant sa gloire à peine et riant de ses droits,

» Des geôliers ont chargé d'une chaîne glacée

    » Cette main qui s'était lassée

    » A courber les têtes des rois !


» Il crut que sa fortune, en victoires féconde,

» Vaincrait le souvenir du peuple roi du monde ;

» Mais Dieu vient, et d'un souffle éteint son noir flambeau,

» Et ne laisse au rival de l'éternelle Rome

» Que ce qu'il faut de place et de temps à tout homme,

    » Pour se coucher dans le tombeau.


» Ces mers auront sa tombe, et l'oubli la devance.

» En vain à Saint-Denis il fit parer d'avance

» Un sépulcre de marbre et d'or étincelant :

» Le ciel n'a pas voulu que de royales ombres

» Vissent, en revenant pleurer sous ces murs sombres,

» Dormir dans leur tombeau son cadavre insolent ! »


## VI.


Qu'une coupe vidée est amère ! et qu'un rêve

Commencé dans l'ivresse, avec terreur s'achève !

Jeune, on livre à l'espoir sa crédule raison ;

Mais on frémit plus tard, quand l'ame est assouvie,

    Hélas ! et qu'on revoit sa vie,

    De l'autre bord de l'horizon !

Ainsi, quand vous passez au pied d'un mont sublime,
Long-temps en conquérant vous admirez sa cime,
Et ses pics, que jamais les ans n'humiliront ;
Ses forêts, vert manteau qui pend aux rocs sauvages,
    Et ces couronnes de nuages
    Qui s'amoncellent sur son front !


Montez donc, et tentez ces zônes inconnues ! —
Vous croyiez fuir aux cieux... Vous vous perdez aux nues !
Le mont change à vos yeux d'aspect et de tableaux :
C'est un gouffre obscurci de sapins centenaires,
    Où les torrens et les tonnerres
    Croisent des éclairs et des flots !


### VII.


    Voilà l'image de la gloire :
    D'abord, un prisme éblouissant,
    Puis un miroir expiatoire,
    Où la pourpre paraît du sang !
    Tour à tour puissante, asservie,

Voilà quel double aspect sa vie
Offrit à ses âges divers.
Il faut à son nom deux histoires ;
Jeune, il inventait ses victoires :
Vieux, il méditait ses revers.


En Corse, à Sainte-Hélène encore,
Dans les nuits d'hiver, le nocher,
Si quelque orageux météore
Brille au sommet d'un noir rocher,
Croit voir le sombre capitaine
Projetant son ombre lointaine,
Immobile, croiser ses bras ;
Et dit, que pour dernière fête,
Il vient régner dans la tempête,
Comme il régnait dans les combats !

### VIII.

S'il perdit un empire, il aura deux patries,
De son seul souvenir illustres et flétries,

L'une aux mers d'Annibal, l'autre aux mers de Vasco ;
Et jamais de ce siècle attestant la merveille,
On ne prononcera son nom, sans qu'il n'éveille
    Aux bouts du monde un double écho !


Telles, quand une bombe ardente, meurtrière,
Décrit dans un ciel noir sa courbe incendiaire,
Se balance au-dessus des murs épouvantés,
Puis, comme un vautour chauve, à la serre cruelle,
Qui frappe en s'abattant la terre de son aile,
Tombe, et fouille à grand bruit le pavé des cités ;


Long-temps après sa chute, on voit fumer encore
La bouche du mortier, large, noire et sonore,
D'où monta pour tomber le globe au vol pesant,
Et la place où la bombe, éclatée en mitrailles,
Mourut, en vomissant la mort de ses entrailles,
    Et s'éteignit en embrasant !

      *

Juillet 1825.

# A LA COLONNE

DE

## LA PLACE VENDOME.

*Parva magnis.*

VII.

## Ode Septième.

### I.

O Monument vengeur ! Trophée indélébile !
Bronze, qui tournoyant sur ta base immobile,
Sembles porter au ciel ta gloire et ton néant ;
Et, de tout ce qu'a fait une main colossale,
Seul es resté debout ; — ruine triomphale
  De l'édifice du géant !

Débris du Grand Empire et de la Grande Armée,
Colonne, d'où si haut parle la renommée !
Je t'aime : l'étranger t'admire avec effroi.
J'aime tes vieux héros, sculptés par la Victoire ;
    Et tous ces fantômes de gloire
    Qui se pressent autour de toi.


J'aime à voir sur tes flancs, Colonne étincelante,
Revivre ces soldats qu'en leur onde sanglante
Ont roulés le Danube, et le Rhin, et le Pô !
Tu mets comme un guerrier le pied sur ta conquête.
J'aime ton piédestal d'armures, et ta tête
    Dont le panache est un drapeau !


Au bronze de Henri mon orgueil te marie :
J'aime à vous voir tous deux, honneur de la patrie,
Immortels, dominant nos troubles passagers,
Sortir, signes jumeaux d'amour et de colère,
    Lui, de l'épargne populaire,
    Toi, des arsenaux étrangers !

Que de fois, tu le sais, quand la nuit sous ses voiles
Fait fuir la blanche lune ou trembler les étoiles,
Je viens, triste, évoquer tes fastes devant moi ;
Et d'un œil enflammé dévorant ton histoire,
Prendre, convive obscur, ma part de tant de gloire,
  Comme un Pâtre au banquet d'un Roi !


Que de fois j'ai cru voir, ô Colonne française,
Ton airain ennemi rugir dans la fournaise !
Que de fois, ranimant tes combattans épars,
Heurtant sur tes parois leurs armes dérouillées,
  J'ai ressuscité ces mêlées
  Qui t'assiégent de toutes parts !


Jamais, ô monument, même ivres de leur nombre,
Les étrangers sans peur n'ont passé sous ton ombre.
Leurs pas n'ébranlent point ton bronze souverain.
Quand le sort une fois les poussa vers nos rives,
Ils n'osaient étaler leurs parades oisives
  Devant tes batailles d'airain !

## II.

Mais quoi ! n'entends-je point, avec de sourds murmures,
De ta base à ton front bruire les armures ?
Colonne ! il m'a semblé qu'éblouissant mes yeux,
Tes bataillons cuivrés cherchaient à redescendre....
Que tes demi-dieux, noirs d'une héroïque cendre,
Interrompaient soudain leur marche vers les cieux !


Leur voix mêlait des noms à leur vieille devise :
— « TARENTE, REGGIO, DALMATIE et TRÉVISE ! » —
Et leurs aigles, sortant de leur puissant sommeil,
Suivaient d'un bec ardent cette aigle à double tête,
Dont l'œil, ami de l'ombre où son essor s'arrête,
Se baisse à leur regard, comme aux feux du soleil !


Qu'est-ce donc ? — Et pourquoi, bronze envié de Rome,
Vois-je tes légions frémir comme un seul homme ?
Quel impossible outrage à ta hauteur atteint ?

Qui donc a réveillé ces ombres immortelles,
Ces aigles qui, battant ta base de leurs ailes,
Dans leur ongle captif pressent leur foudre éteint?


### III.


Je comprends : — l'étranger, qui nous croit sans mémoire,
Veut, feuillet par feuillet, déchirer notre histoire,
Ecrite avec du sang, à la pointe du fer. —
Ose-t-il, imprudent! heurter tant de trophées?
De ce bronze, forgé de foudres étouffées,
        Chaque étincelle est un éclair!


Est-ce Napoléon qu'il frappe en notre armée?
Veut-il de cette gloire en tant de lieux semée,
Disputer l'héritage à nos vieux généraux?
Pour un fardeau pareil il a la main débile :
L'empire d'Alexandre et les armes d'Achille
        Ne se partagent qu'aux héros.

Mais non : l'Autrichien, dans sa fierté qu'il dompte,
Est content, si leurs noms ne disent que sa honte.
Il fait de sa défaite un titre à nos guerriers.
Et craignant des vainqueurs moins que des feudataires,
Il pardonne aux fleurons de nos ducs militaires,
  Si ce ne sont que des lauriers.


Bronze! il n'a donc jamais, fier pour une victoire,
Subi de tes splendeurs l'aspect expiatoire?
D'où vient tant de courage à cet audacieux?
Croit-il impunément toucher à nos annales?
Et comment donc lit-il ces pages triomphales
  Que tu déroules dans les cieux?


Est-ce un langage obscur à ses regards timides?
Eh! qu'il s'en fasse instruire au pied des Pyramides,
A Vienne, au vieux Kremlin, au morne Escurial!
Qu'il en parle à ces Rois, cour dorée et nombreuse,
Qui naguère peuplait d'une tente poudreuse
  Le vestibule impérial!

## IV.

A quoi pense-t-il donc l'étranger qui nous brave ?
N'avions-nous pas hier l'Europe pour esclave ?
Nous, subir de son joug l'indigne talion !
Non ! au champ du combat nous pouvons reparaître.
On nous a mutilés ; mais le temps a peut-être
    Fait croître l'ongle du lion.


De quel droit viennent-ils découronner nos gloires ?
Les Bourbons ont toujours adopté des victoires.
Nos Rois t'ont défendu d'un ennemi tremblant,
O Trophée ! à leurs pieds tes palmes se déposent ;
    Et si tes quatre aigles reposent,
    C'est à l'ombre du drapeau blanc.


Quoi ! le globe est ému de volcans électriques ;
Derrière l'Océan grondent les Amériques ;
Stamboul rugit ; Hellé remonte aux jours anciens ;

Lisbonne se débat aux mains de l'Angleterre....
Seul, le vieux peuple franc s'indigne que la terre
　　Tremble à d'autres pas que les siens !


Prenez garde, étrangers : — nous ne savons que faire !
La paix nous berce en vain dans son oisive sphère,
L'arène de la guerre a pour nous tant d'attrait !
Nous froissons dans nos mains, hélas ! inoccupées,
　　Des lyres, à défaut d'épées !
　　Nous chantons, comme on combattrait !


Prenez garde ! — La France, où grandit un autre âge,
N'est pas si morte encor qu'elle souffre un outrage !
Les partis pour un temps voileront leur tableau.
Contre une injure ici, tout s'unit, tout se lève,
Tout s'arme, et la Vendée aiguisera son glaive
　　Sur la pierre de Waterlo.


Vous dérobez des noms ! — Quoi donc ? Faut-il qu'on aille

Lever sur tous vos champs des titres de bataille?
Faut-il, quittant ces noms par la valeur trouvés,
Pour nos gloires, chez vous, chercher d'autres baptêmes?
    Sur l'airain de vos canons mêmes
    Ne sont-ils point assez gravés?


L'étranger briserait le blason de la France!
On verrait, enhardi par notre indifférence,
Sur nos fiers écussons tomber son vil marteau!
Ah!... comme ce Romain qui remuait la terre,
Vous portez, ô Français! et la paix et la guerre,
    Dans le pli de votre manteau.


Votre aile en un moment touche à sa fantaisie
L'Afrique par Cadix et par Moscou l'Asie.
Vous chassez en courant Anglais, Russes, Germains;
Les tours croulent devant vos trompettes fatales;
    Et de toutes les capitales
    Vos drapeaux savent les chemins.

Quand leur destin se pèse avec vos destinées,
Toutes les nations s'inclinent détrônées.
La gloire pour vos noms n'a point assez de bruit.
Sans cesse autour de vous les États se déplacent.
Quand votre astre paraît, tous les astres s'effacent ;
        Quand vous marchez l'univers suit !


Que l'Autriche en rampant de nœuds vous environne,
Les deux géans de France ont foulé sa couronne !
L'histoire, qui des temps ouvre le Panthéon,
Montre empreints aux deux fronts du vautour d'Allemagne
        La sandale de Charlemagne,
        L'éperon de Napoléon.


Allez ! — Vous n'avez plus l'Aigle qui de son aire
Sur tous les fronts trop hauts portait votre tonnerre ;
Mais il vous reste encor l'oriflamme et les lis.
Mais c'est le Coq gaulois qui réveille le monde ;
Et son cri peut promettre à votre nuit profonde
        L'aube du soleil d'Austerlitz !

## V.

C'est moi qui me tairais! Moi qu'enivrait naguère
Mon nom saxon, mêlé parmi des cris de guerre!
Moi, qui suivais le vol d'un drapeau triomphant!
Qui, joignant aux clairons ma voix entrecoupée,
Eus pour premier hochet le nœud d'or d'une épée!
Moi, qui fus un soldat quand j'étais un enfant!


Non, Frères! non, Français de cet âge d'attente!
Nous avons tous grandi sur le seuil de la tente.
Condamnés à la paix, aiglons bannis des cieux,
Sachons du moins, veillant aux gloires paternelles,
Garder de tout affront, jalouses sentinelles,
    Les armures de nos aïeux!


\*

Février 1827.

# FIN.

*Ubi defuit orbis.*

VIII.

## Ode Huitième.

### I.

AINSI d'un peuple entier je feuilletais l'histoire !
Livre fatal de deuil, de grandeur, de victoire.
Et je sentais frémir mon luth contemporain,
Chaque fois que passait un grand nom, un grand crime,
Et que l'une sur l'autre, avec un bruit sublime,
    Retombaient les pages d'airain.

Fermons-le maintenant ce livre formidable.
Cessons d'interroger ce sphinx inabordable
Qui le garde en silence, à la fois monstre et dieu.
L'énigme qu'il propose échappe à bien des lyres ;
Il n'en écrit le mot, sur le front des empires,
    Qu'en lettres de sang et de feu.


## II.


Ne cherchons pas ce mot. — Alors, pourquoi, poëte,
Ne t'endormais-tu pas sur ta lyre muette ?
Pourquoi la mettre au jour et la prostituer ?
Pourquoi ton chant sinistre et ta voix insensée ?... —
    C'est qu'il fallait à ma pensée
    Tout un grand peuple à remuer.


Des révolutions j'ouvrais le gouffre immonde ?
C'est qu'il faut un chaos à qui veut faire un monde.
C'est qu'une grande voix dans ma nuit m'a parlé.
C'est qu'enfin je voulais, menant au but la foule,

Avec le siècle qui s'écoule
Confronter le siècle écoulé.


Le Génie a besoin d'un peuple que sa flamme
Anime, éclaire, échauffe, embrase comme une ame.
Il lui faut tout un monde à régir en tyran.
Dès qu'il a pris son vol du haut de la falaise,
    Pour que l'ouragan soit à l'aise,
    Il n'a pas trop de l'océan !


C'est là qu'il peut ouvrir ses ailes ; là, qu'il gronde
Sur un abîme large et sur une eau profonde ;
C'est là qu'il peut bondir, géant capricieux,
Et tournoyer, debout dans l'orage qui tombe,
    D'un pied s'appuyant sur la trombe,
    Et d'un bras soutenant les cieux !

*

Mai 1828.

# NOTES.

# NOTES

## DU TOME PREMIER.

---

## ODES.

### Livre Premier.

LA VENDÉE. — ODE II.

### I.

*Page* 15.

« Autour du froid tombeau d'une épouse ou d'un frère,
» Qui de nous n'a mené le deuil ? »

« Quel Français ignore aujourd'hui les cantiques funèbres ?
Qui de nous n'a mené le deuil autour d'un tombeau, n'a fait
retentir le cri des funérailles ? »

CHATEAUBRIAND. *Martyrs.*

## II.

*Page* 16.

Elle a dit : « Dans ces temps, la France eut ses victimes ;
» Mais la Vendée eut ses martyrs. »

Allusion à la belle Notice sur la Vendée, publiée dans le
*Conservateur* en 1819, par M. de Châteaubriand. C'est dans
l'émotion de cette lecture que l'ode fut composée, et publiée
d'abord sous ce titre emphatique et vague : *les Destins de
la Vendée.*

## III.

*Page* 19.

Ceux-là promèneront des os sans sépulture,
Et cacheront leurs morts sous une terre obscure
Pour les dérober aux vivans.

La noble veuve de M. de Lescure emporta, dans sa voiture,
le corps de son mari, et on l'enterra dans un coin de terre
ignoré pour le soustraire aux outrages de l'exhumation.

## IV.

*Page* 20.

Grand Dieu ! si toutefois, etc....

Cette strophe et la suivante renferment, sur des actes du
ministère d'alors envers les Vendéens, des allusions devenues

obscures aujourd'hui, et qui en 1819 n'étaient peut-être que trop claires pour le repos de l'auteur. Au reste, s'il ne les explique pas ici, c'est qu'il n'y a plus de danger à le faire, et que d'ailleurs ces passages sont trop empreints de colère de parti.

**LES VIERGES DE VERDUN. — ODE III.**

## V.

*Page 25.*

Henriette, Hélène et Agathe Watrin, filles d'un officier supérieur, Barbe Henri, Sophie Tabouillot, et plusieurs autres jeunes filles de Verdun, furent traduites devant le tribunal révolutionnaire, comme coupables d'avoir présenté des fleurs aux Prussiens, lors de leur entrée en cette ville. Les trois premières, qui seules font le sujet de cette Ode, étaient accusées, en outre, d'avoir distribué de l'argent et des secours aux émigrés. Une loi punissait de mort ce singulier genre de délit. Fouquier-Tainville, charmé de la beauté des trois jeunes filles, leur fit insinuer qu'il tairait cette dernière partie de l'accusation, si elles voulaient écouter des propositions injurieuses à leur honneur. Elles refusèrent, furent condamnées et traînées à la mort, avec vingt-neuf habitans de Verdun. La plus âgée de ces trois sœurs avait dix-sept ans.

Barbe Henri, Sophie Tabouillot et leurs compagnes, parmi lesquelles se trouvaient des enfans de treize à quatorze ans, furent condamnées au carcan et à vingt ans de détention à la Salpêtrière. Le Directoire leur rendit la liberté.

## VI.

### *Page* 27.

C'est Tainville : on le voit, au nom de la patrie,
Convier aux forfaits cette horde flétrie
            D'assassins, juges à leur tour;
            Le besoin du sang le tourmente;
    Et sa voix homicide à la hache fumante
            Désigne les têtes du jour!

Fouquier-Tainville, accusateur public, réunissait à cette horrible fonction le privilége non moins horrible de marquer les soixante ou quatre-vingts têtes qui devaient tomber chaque jour à Paris.

## VII.

### *Page* 28.

Que faisaient nos guerriers?... Leur vaillance trompée
Prêtait au vil couteau le secours de l'épée;
Ils sauvaient ces bourreaux qui souillaient leurs combats.
Hélas! un même jour, jour d'opprobre et de gloire,
Voyait Moreau monter au char de la victoire,
        Et son père au char du trépas!

Moreau enlevait à des ennemis supérieurs en nombre l'île Cazan et le fort de l'Ecluse, le jour où son vieux père marchait à l'échafaud.

## VIII.

### *Page* 29.

Verdun se revêtit de sa robe de fête,

Et, libre de ses fers, vint offrir sa conquête
Au monarque vengeur des rois!

Verdun brûlait d'ouvrir ses portes au roi de Prusse. L'intrépide commandant résista durant trois jours aux instances des habitans et aux menaces de Frédéric-Guillaume. Forcé enfin de capituler, il se brûla la cervelle. Ce brave se nommait Beaurepaire. L'honneur français ne s'est jamais démenti dans les camps.

## IX.

### Page 31.

Charlotte, autre Judith, qui vous vengea d'avance.

L'année précédente, Charlotte Corday avait tué Marat, l'un des représentans qui contribuèrent le plus puissamment à faire adopter la loi contre ceux qui secouraient les émigrés.

## X.

### Page 31.

Et Sombreuil, qui trahit par ses pâleurs soudaines
Le sang glacé des morts circulant dans ses veines.

Mademoiselle de Sombreuil acheta le bonheur de sauver son père en buvant un verre de sang. Long-temps après encore, on l'a vue pâlir et tressaillir au seul souvenir de cet horrible et sublime effort, qui détruisit sa santé, et la laissa, pour sa vie, sujette à de douloureuses convulsions.

20

QUIBERON. — ODE IV.

## XI.

*Page* 35.

Après la prise du fort Penthièvre, les émigrés, commandés par le comte de Sombreuil, frère de l'illustre mademoiselle de Sombreuil, se virent poussés à l'extrémité de la presqu'île de Quiberon par les soldats de la Convention. Le général républicain, Hoche, craignit l'horrible carnage qui allait commencer de part et d'autre, les gentilshommes étant réduits au désespoir. Il proposa à Sombreuil de les traiter comme prisonniers de guerre, s'ils voulaient se rendre. Il ajouta que Sombreuil était le seul pour lequel il ne pût rien promettre. *Je mourrai volontiers,* répondit ce jeune homme, *si je puis sauver mes frères d'armes.* Se fiant à cette capitulation verbale, Sombreuil ordonna aux siens de mettre bas les armes. On observa le traité à son égard : il fut fusillé avec l'évêque de Dol. Mais on n'eut pas la même fidélité envers les émigrés faits prisonniers de guerre. Le cri d'horreur et de pitié qui s'élève aujourd'hui au seul nom de Quiberon dispense d'en dire davantage.

Au reste, ce n'est pas le nom du général Hoche qui reste souillé de cet attentat.

Les Vendéens ont donné le nom de *Prairie des Martyrs* à la plaine où ces vaillans gentilshommes furent fusillés par détachemens, et les soldats de Larochejaquelein viennent aujourd'hui en pélerinage visiter les restes des compagnons de Sombreuil.

LA STATUE DE HENRI IV. — ODE VI.

## XII.

### Page 57.

Que dis-je? Ils ont détruit sa statue adorée.
    Hélas! cette horde égarée
    Mutilait l'airain renversé;
Et cependant, des morts souillant le saint asile,
Leur sacrilége main demandait à l'argile
    L'empreinte de son front glacé.

La statue de Henri IV fut renversée à l'époque du 10 août.
On sait que ce fut vers le même temps, qu'après avoir violé les tombes royales, on posa un masque de plâtre sur le visage de Henri exhumé, pour mouler ses traits.

## XIII.

### Page 58.

Assis près de la Seine, en mes douleurs amères,
Je me disais : « La Seine arrose encore Ivry,
» Et les flots sont passés où, du temps de nos pères,
    » Se peignaient les traits de Henri. »

Il y a ici une énorme faute d'histoire et de géographie. Cette Ode fut composée au sortir du collége, et ce n'est pas là qu'on apprend la géographie et l'histoire.

## XIV.

### Page 58.

Où courez-vous?....

Personne n'ignore l'enthousiasme avec lequel le peuple, le 13 août 1818, s'empara de la statue de Henri IV, et la traîna à force de bras au lieu où elle devait être élevée.

LA MORT DU DUC DE BERRY. — ODE VII.

## XV.

### Page 71.

Et tu seras semblable à la mère accablée,
Qui s'assied sur sa couche et pleure inconsolée,
Parce que son enfant n'est plus!

*Et noluit consolari, quia non sunt.*

## XVI.

### Page 72.

D'Enghien s'étonnera, dans les célestes sphères,
De voir sitôt l'ami cher à ses jeunes ans,
A qui le vieux Condé, prêt à quitter nos terres,
Léguait ses devoirs bienfaisans.

On se rappelle que le prince de Condé recommandait en mourant à M. le duc de Berry l'honorable indigence de ses vieux compagnons d'armes.

NAISSANCE DU DUC DE BORDEAUX. — ODE VIII.

## XVII.

*Page* 79.

Lève-toi ! Henri doit te plaire
Au sein du berceau populaire.

Le berceau donné par les balles de Bordeaux.

## XVIII.

*Page* 83.

Dis, qu'irais-tu chercher au lieu qui te vit naître,
Princesse? Parthénope outrage son vieux maître :
L'étranger, qu'attiraient des bords exempts d'hivers,
Voit Palerme en fureur, voit Messine en alarmes,
    Et, plaignant la Sicile en armes,
De ce funèbre Éden fuit les sanglantes mers!

A l'époque où cette Ode fut publiée pour la première fois,
la révolution de Naples venait d'éclater.

---

## Livre Deuxième.

LA BANDE NOIRE. — ODE III.

## XIX.

*Page* 146.

Quel Dieu leur inspira ces travaux intrépides?
Tout joyeux du néant par leurs soins découvert,

Peut-être ils ne voulaient que des sépulcres vides,
Comme ils n'avaient qu'un ciel désert;
Ou, domptant les respects dont la mort nous fascine,
Leur main peut-être, en sa racine,
Frappait quelque auguste arbrisseau;
Et, courant en espoir à d'autres hécatombes,
Leur sublime courage, en attaquant ces tombes,
S'essayait à vaincre un berceau.

On sait qu'à l'époque de notre révolution, la violation des tombes royales précéda les attentats régicides, dont le plus odieux peut-être fut celui qui s'exécuta lentement et comme à plaisir sur un enfant.

LA LIBERTÉ. — ODE VIII.

## XX.

### *Page* 166.

Car mon luth est de ceux dont les voix importunes
Pleurent toutes les infortunes,
Bénissent toutes les vertus.
Mes hymnes dévoués ne traînent point la chaîne
Du vil gladiateur, mais ils vont dans l'arène
Du linceul des martyrs vêtus.

Les martyrs, condamnés aux bêtes, descendaient dans le cirque couverts d'une tunique bleue.

LA GUERRE D'ESPAGNE. — ODE VII.

## XXI.

### *Page* 178.

Des pas d'un conquérant l'Espagne encor fumante

Pleurait, prostituée à notre liberté,
Entre les bras sanglans de l'effroyable amante,
　　Sa royale virginité.

La constitution des cortès était calquée sur notre constitution de 1791. Selon nous, c'était là son tort.

**LA MORT DE MADEMOISELLE DE SOMBREUIL. — ODE IX.**

## XXII.

### *Page* 193.

Nous avons conservé ici à mademoiselle de Sombreuil
(morte, en 1823, comtesse *de Villelume*) le nom qu'elle a
illustré. Il est inutile de rien ajouter à ce nom. Il en dit assez,
il en dit trop. Nous ne pouvons cependant nous empêcher de
rappeler ici que la charité de madame de Villelume fut aussi
admirable peut-être que l'héroïsme de mademoiselle de Sombreuil.

---

## Livre Troisième.

**LE SACRE DE CHARLES X. — ODE IV.**

## XXIII.

### *Page* 245.

Elle vient, échappée aux profanations.

Le 6 octobre 1793, la sainte-ampoule qui depuis quatorze
siècles, déposée dans le tombeau de saint Remy, était en vé-

nération dans l'église de Reims, fut brisée par un commissaire de la Convention sur le piédestal de la statue de Louis XV; mais des mains fidèles parvinrent à recueillir des fragmens de la sainte-ampoule, et une partie du baume qu'elle renfermait, ainsi qu'il est constaté par un procès-verbal authentique, déposé au greffe du tribunal de Reims.

(*Livre des prières et cérémonies du Sacre, publié par ordre de M. l'Archevêque de Reims.*)

## XXIV.

### Page 246.

Charles sera sacré suivant l'ancien usage,
Comme Salomon, le roi sage,
Qui goûta les célestes mets,
Quand Sadoch et Nathan d'un baume l'arrosèrent,
Et s'approchant de lui, sur le front le baisèrent,
En disant : « Qu'il vive à jamais! »

*Unxerunt Salomonem Sadoch sacerdos et Nathan propheta regem in Sion, etc.*

(Prières du Sacre.)

## XXV.

### Page 248.

Puis le Roi se prosterne, et les évêques disent :
« Seigneur, ayez pitié de nous! »

« Le Roi se prosterne, et on récite les litanies :

LES ÉVÊQUES.

« Seigneur, ayez pitié de nous! | *Kyrie Eleison.* »

(Cérémonial du Sacre.)

## XXVI.

### *Page* 249.

Nous vous louons, Seigneur; nous vous confessons Dieu!

*Te Deum laudamus, te Dominum confitemur.*

(Hymne d'actions de grâces.)

## XXVII.

### *Page* 249.

Vous êtes Sabaoth, le Dieu de la victoire!
Les chérubins, remplis de gloire,
Vous ont proclamé Saint trois fois.

*Tibi Cherubim et Seraphim incessabili voce proclamant:*
*Sanctus, sanctus, sanctus,*
*Dominus Deus Sabaoth.*

(Hymne d'actions de grâces.)

## XXVIII.

### *Page* 250.

Devant ces grands témoins de la grandeur française, etc.

L'auteur a essayé de caractériser dans cette strophe les principales cérémonies du Sacre, la *préparation du saint-chrême*, la *consécration du Roi*, le *couronnement*, la *bénédiction de l'épée*, la *tradition du sceptre et de la main de justice*, la *bénédiction des gants*.

## XXIX.

### Page 251.

Entre, ô peuple!....

Quand le Roi est intronisé, on ouvre la porte au peuple et on lâche les oiseaux, conformément aux vieilles traditions de ce Royaume.

## XXX.

### Page 252.

Le voilà Prêtre et Roi!....

*Tu es sacerdos in æternum secundum ordinem Melchisedech.*

( Psaume 109.)

L'Église appelle le Roi l'*Evêque du dehors;* à la messe du Sacre, il communie sous les deux espèces.

## XXXI.

### Page 252.

Il faut qu'il sacrifie....

*Holocaustum tuum pingue fiat.*

( Psaume.)

## XXXII.

*Page* 253.

O Dieu! garde à jamais ce Roi qu'un peuple adore.

*Domine, salvum fac Regem!*

( Prière pour le Roi.)

## XXXIII.

*Page* 253.

Romps de ses ennemis les flèches et les dards!

*Rumpe tela inimicorum.*

( Psaume.)

## XXXIV.

*Page* 253.

Qu'ils viennent du couchant, qu'ils viennent de l'aurore,
Sur des coursiers ou sur des chars.

*Hi in curribus, et hi in equis.*

( Prière pour le Roi.)

A LA COLONNE. — ODE VII.

## XXXV.

*Page* 288.

Mais non : l'Autrichien, dans sa fierté qu'il dompte,

Est content, si leurs noms ne disent que sa honte.
Il fait de sa défaite un titre à nos guerriers,
Et, craignant des vainqueurs moins que des feudataires,
Il pardonne aux fleurons de nos ducs militaires,
     Si ce ne sont que des lauriers!

L'Autriche refuse de reconnaître les titres qui semblent instituer des fiefs dans ses domaines; mais elle admet ceux qui rappellent simplement *des victoires*.

# TABLE

## DU TOME PREMIER.

———◦◦◦◦◦◦———

Les pièces ajoutées à cette édition sont marquées du signe *.

## ODES.

### LIVRE PREMIER. — 1818-1822.